中华文化丛书

Collection Cultures Chinoises

Serie sobre la Cultura China

Chinesische Kultur für die Welt

中華文化シリーズ Collection Cultures Chinoises

Chinese Culture Series

Serie sobre la Cultura China 中華文化シリーズ

Chinesische Kultur für die Welt

中华文化丛书

Chinese Culture Series

长　城

◎杨宗　温志宏 编著

江西出版集团
百花洲文艺出版社

中华文化丛书

ZHONGHUA WENHUA CONGSHU

编辑工作委员会

致 读 者

中华文化是世界上最古老的文化之一，也是中华民族智慧的结晶。它丰富的内涵，不仅充分表现出以华夏文化为中心的统一性，而且有着非常明显的多民族特点。中华文化的统一性，在中国历史上的任何时刻，即使是在多次的政治纷乱、社会动荡中，都未曾被分裂和瓦解过；它的民族性则表现在中国广袤疆域上所形成的多元化的区域文化和民族文化。而在悠久历史长河中，随着中外文化交流的频繁，中华文化又吸收了许多外来的优秀文化。它的辉煌体现在哲学、宗教、文学、艺术里，它的魅力体现在中医、饮食、民俗、建筑中。数千年来，它不仅滋养着炎黄子孙，而且对世界其他地区的历史与文化产生了重要的影响。

在进入 21 世纪的今天，越来越多的人对中华文化产生了浓厚的兴趣。许多国家兴起了学汉语热，来中国的外国留学生也以每年近万人的速度递增。近年来，一些国家还相继举办了"中国文化节"，更多的外国朋友愿意了解、认识古老又现代的中国。

为了展示中华民族的优秀文化，促进中华文化与世界各国文化之间的交流，我们策划、编撰了这套"中华文化丛书"（外文版名称为"龙文化：走近中国"）。整套丛书用中文、英文、法文、日文、德文、西班牙文，向中外读者展现了中华文化的丰富内涵。在来自不同领域的百余位专家、学者的笔下，这些绚丽的中华文化元素得到了更细腻、更生动、更详尽、更有趣的诠释。

整套丛书共分 36 册，从《华夏文明五千年》述说中国悠久的历史开始，通过《孔子》、《孙子的战争智慧》、《中国古代哲学》、《科举与书院》、《中国佛教与道教》，阐述中华民族精神文化的不同基因与思想、哲学发展的脉络；通过《中国神话与传说》、《汉字与书法艺术》、《古典小说》、《古代诗歌》、《京剧的魅力》，品味中国文学从远古走来一路闪烁的艺术与光芒；通过《中国绘画》、《中国陶瓷》、《玉石珍宝》、《多彩服饰》、《中国古钱币》，展示中国古代艺术的绚烂与多姿；通过《长城》、《古民居》、《古典园林》、《寺·塔·亭》、《中国古桥》，回眸中国古代建筑史上的璀璨与辉煌；通过《民俗风韵》、《中国姓氏文化》、《中国家族文化》、《玩具与民间工艺》、《中华节日》，追溯中国传统礼仪、民俗文化的起源与发展；通过《中医中药》、《神奇的中医外治》、《中华养生》、《中医针灸》，领略中国传统医学的博大与精深；通过《中国酒文化》、《中华茶道》、《中国功夫》、《饮食与文化》，解读中国人"治未病"的思想与延年益寿的养生方法；通过《发明与发现》、《中外文化交流》，介绍中国科技发展的渊源与国际交流合作之路。

这套丛书真实地展现了中华文化的方方面面，作者以通俗生动的语言，在不长的篇幅内，图文并茂地讲述了丰富的历史、故事、传说、趣闻，突出知识性、可读性和趣味性，兼顾多国读者的阅读习惯，很适合对中华文化有兴趣的中外大众读者阅读。

参加本套丛书外文版翻译工作的人士，大都是多年生活在海外的华人学者，校译者多为各国的相关学者。在本套丛书出版之际，谨向这些热心参与本项工作的中外人士致以崇高的敬意和感谢。

本套丛书由中国山东教育出版社、中国百花洲文艺出版社和中国湖南科学技术出版社联合出版。2009 年 9 月，中国将作为主宾国，参加在德国法兰克福举办的国际书展。我们真诚地希望，这份凝聚着中国出版人心血的厚重礼物能够得到全世界读者的喜爱。

卢祥之

2009 年 1 月 15 日

■ 长城敌楼(1937年)

目录

引 言

　　蜿蜒于中华大地的万里长城，以其宏伟的雄姿久闻于世，以其磅礴的气势被全球公认为"世界新七大奇迹"之首。这座古老的建筑被誉为人类文明的标志，它的伟大与神秘，吸引着成千上万的游人来此攀登、寻古。凡到过长城的人，莫不为中国万里长城之雄壮气势所震撼，并感慨：不到长城非好汉！

　　在世界建筑史上，中国万里长城是修筑最早、长度最为惊人、工程最为浩大、建造技术最为高超的大型人造工程之一。它如巨龙般腾越华夏大地，历时两千七百多年。长城绵延中国境内东北、华北、西北等十六个省市，可谓"上下两千年，纵横十万里"。作为世界上唯一没有中断历史的古老中华民族的象征，长城是各国人民了解中国、品阅中国的最佳途径，也是中华大地上镌刻的一幅壮美图画。所谓"春化铺锦，夏绿叠云。漫道红衰翠减，爱丹林浓染，秋气澄清。更冬来莽莽雪岭，玉龙腾春，风光尽收方寸"，这正是万里长

城美不胜收、旖旎迷人的四季美景的真实写照。

经戈壁、穿草原，跨沙漠……壮阔的长城体现着中华民族的伟大力量和坚强意志，记述着历朝历代的兴亡得失，见证着沧桑的变迁。两千年的建筑奇迹，两千年的战乱纷争，无数的英烈长眠，无数国际友人的赞叹，让中国万里长城所代表的精神内涵超越了民族的局限，而成为人类和平的里程碑、人类共同的宝贵遗产、"世界新七大奇迹"之首，为世界各国人民所敬仰所向往。

我们仰望长城并推崇长城精神，因为今人需要贴近自己的历史，亲近千年的民族文明。作为中国境内的标志性旅游胜地，世界各国人士通过认识长城，更多地了解了中国，认识了中华民族历史、文化、建筑等艺术价值的珍贵。只要有人类，就会有和平与文化的需求，而只要有这种需求，长城就会活着。

万里长城永不倒！

◀ 长城景观

■ 长城景观

长城奇迹：引来世界各国元首和游人的竞相参观

　　1971年，第26届联合国大会通过恢复中华人民共和国在联合国的合法地位。中国向联合国大会赠送的礼品是一块编织着中国万里长城图样的大型精致挂毯。由此可见，长城作为有着数千年灿烂文化的中华民族的象征，已经被全世界所认同。作为世界上最大的室外文物，长城历史悠久、体量庞大、工程宏伟，1987年被联合国教科文组织列入了世界文化遗产名录，标志着世界对长城价值的认识达到了一个新高度，继而成为世界各国元首、政要以及广大游客竞相参观游览的奇迹所在。

为什么说长城是中华文明的象征

　　长城既有浓烈的民族特性，又深深植根于人类追求真善美的共性厚土之中，具有令人向往和陶醉的魅力，它作为一种承载着人类文明价值的坐标而存在。

　　然而，更为重要的是，长城的存在还彰显了中华民族由分离走向聚合的民族融合史。周王朝分崩离析之后，春秋五霸、战国七雄并起而逐鹿中原，各国纷纷在自己的边疆修筑起阻挡邻国入侵的高大城墙，史称"互防长城"。随着秦始皇统一中国，

1

大量互防长城被废弃不用，或被拆除。秦始皇为了其金汤永固的帝王之位，开始在北部边疆修筑更为巨大的防御工事建筑，史称"拒胡长城"。从"互防"到"拒胡"，中华民族的统一史被演绎得淋漓尽致。长城的踪影从此遍布中国大江南北。

长城，以其巍巍雄姿毅然挺立在天地之间，自古就被视为中华民族精神的象征。为什么这样说呢？

从长城长达两千多年的修筑历史来看，它首先体现的是中华民族的民族毅力和不怕牺牲的精神。这种民族毅力表现在坚持不懈、坚韧不拔的对长城的持续修建之中。穿戈壁、走大漠，无论地质如何险恶，地貌怎样复杂，长城的修筑者们始终没有望而却步和低头屈服。同时，这种民族毅力还可以表现在长城的意义和作用上，长城深入西部荒漠，守卫的依然是华夏领土。戍边的战士们在长城上为了祖国的统一和安全，前仆后继，付出了不知多少生命和血汗。长城凝聚着孟姜女的泪、无数戍边战士的血、一代代抗敌英雄们的生命，也凝聚着中华民族的智慧与精神。

长城的象征意义是在中国人民的不断抗争中实现的，它体现的是中华民族无畏大勇的精神。同时，也体现了建筑军事防御的伟大智慧。虽然时至今日，长城的军事实用功能已经不复存在，可是作为建筑

八达岭长城 ▼

美学上的典范却长久地保存了下来，在审美层次上成为中华民族智勇双全的象征，具有重要而丰富的审美价值。

雄伟的关城，蜿蜒曲折的城墙，挺立峭拔的城楼、角楼和敌台，孤绝独出的烽火台，它们所构成的点、线、面结合的神奇构图转化成了美的韵律。长城逶迤上下，把自然原本存在的美的节奏旋律明显地点示出来。有人评论说：长城"宛如神奇的巨笔在中国大地上一笔挥就的气势磅礴的草书。城上的敌楼就是这草书中的顿挫，雄关就是这草书的转折，众多亭障则是这草书中错落的散点，形成一幅结构完整的艺术巨作，是真正的'大地艺术'"。

长城的美是一种崇高的壮美，雄伟、刚强、宏大、粗犷。它所体现的是"天行健，君子以自强不息"的精神内涵，是中国人追求和平并勇于开拓进取的精神，传达出一种深沉而又厚重的民族感情。

长城，以博大精深的中国文化为依托，建筑成就独特而伟大，深刻地体现了中国人民的大智大勇，是中国人民的骄傲。

▲ 古北口附近的长城旧照

长城怎样当选为"世界新七大奇迹"之首

举世闻名的"世界七大奇迹",是人类文明史上不朽的精神遗产。

历史上最为久远而著名的奇迹建筑物,是古希腊的耶皮戴奥斯剧场、奥林匹亚、特尔斐、罗德斯巨人像、桑托林岛、克诺索斯宫,以及帕台农神庙。此后,各种"七大奇迹"的评选开始在各国兴起,古罗马也有自己的"七大奇迹"。

然而,世界范围内公认的七大奇迹,却是相传在两千多年前拜占庭科学家菲伦(又译费隆,公元前280～前220年)首先

八达岭长城(1895年) ▶

按照自己的标准评定出来的。其后，某些古希腊、古罗马的作家也曾经提到过"世界七大奇迹"，但是名字不尽相同。依照菲伦所选，被古代学者所认同，并沿袭两千余年的古代世界上七处宏伟的人造景观分别为：埃及的亚历山大灯塔、希腊的罗得岛太阳神巨像、土耳其哈利卡纳苏斯的摩索拉斯陵墓、奥林匹亚的宙斯神像、以弗所的阿尔忒弥斯神庙、巴比伦的空中花园、埃及金字塔。也有学者认为，最早提出"世界七大奇迹"的是公元前三世纪的旅行家昂蒂帕克。但由于他们受历史条件的制约、交通工具的限制，他们提出来的"世界七大奇迹"实际上仅指地中海东部沿岸地区和岛屿上的宏伟建筑及雕刻品，当时旅行家的足迹和视野不可能遍及全世界——他们还无法了解在亚洲黄河流域和恒河流域的古代文明。

在漫长的岁月中，这原有的"世界七大奇迹"，除了埃及的金字塔以外，大部分都已消失在历史的尘埃里，或者被毁坏。1999年，由瑞士商人、旅行冒险家兼电影制片人贝尔纳·韦伯（又译伯纳德·韦伯）创立了"世界新七大奇迹"基金会，希望通过声势浩大的"世界新七大奇迹"评选活动为保护人类文化遗产筹措资金。活动启动于2001年，当时正值阿富汗巴米扬大佛遭塔利班武装毁坏之际。基金会希望通过活动筹募到五千万美元，用来重

▲ 长城景观

嘉峪关长城(1908年) ▲

建55米高的巴米扬大佛。然而所筹款数远远低于所需，主办方只能将钱转投到对"世界新七大奇迹"的保护工作上来。

贝尔纳·韦伯向联合国教科文组织提出了申请，成立了由联合国教科文组织前总干事费德利克·马约尔教授领导的，包括众多知名国际文化人士在内的专家小组，从联合国世界文化遗产名录中挑选出奇迹候选名单两百个，并开始对世界各种奇迹进行全面考察。

2005年12月，综合各方意见，"世界新七大奇迹"基金会再次筛选出七十七个候选名单，其中包括中国的长城、布达拉宫、兵马俑和故宫。2006年1月1日，由六名世界顶级建筑师和文化人士组成的基金会专家委员会最后从时间跨度、构造标准、地理标准、艺术及文化价值、认知因素的多样性等多方面综合评审，以不记名投票的形式从七十七个备选的景点名单中选出了最后二十一个评选名单。为了保持平衡，每个国家仅限一项入选。中国长城作为中国的唯一代表入选其中。

"世界新七大奇迹"基金会于2006年初发起全球范围内的评选活动，通过互联网、电话及手机短信等投票方式，从已选定的二十一处世界名胜中选出七处作为"世界新七大奇迹"。

激动人心的时刻开始了！根据"世界新七大奇迹"基金会的要求，"世界新七大奇迹"的标准是：建于公元2000年前、至今保存状况良好的人造景观；选择还应遵循每个大洲应至少有一个代表、每个国家不应超过一个代表的原则。

评选活动在北京时间2007年7月7日上午8时截止投票。葡萄牙当地时间2007年7月7日晚21：30分（北京时间2007年7月8日凌晨）"世界新七大奇迹"评选结果在葡萄牙首都里斯本揭晓。

全球逾九千万投票者通过电话、短信、网络等方式选出的"世界新七大奇迹"，中国万里长城以得票最多名列"世界新七大奇迹"之首！不过在评选活动中，长城的票数可谓一波三折。据统计，从2006年1月起，长城的得票总数经历过"第八"、"第四"、"第一"的变化。然而长城最终以第一票数入选"世界新七大奇迹"，却充分反映了长城在全世界人民心中的地位。评选主办方发言人蒂亚·菲林在接受中国媒体采访时高喊："祝贺中国，长城胜利

▼ 慕田峪长城

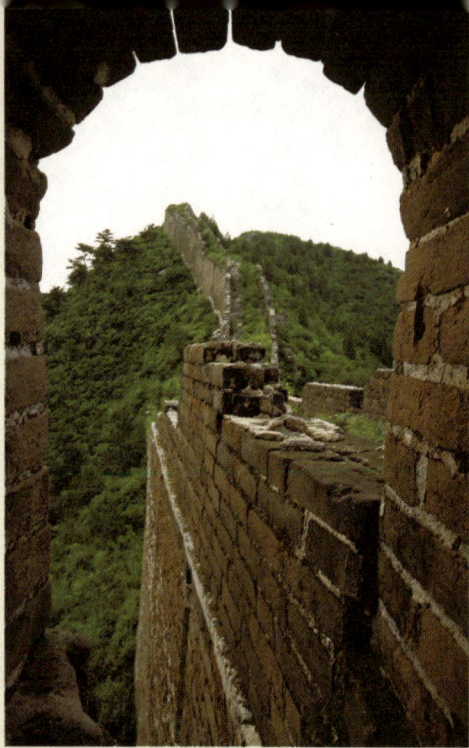
白羊峪长城 ▶

了。"蒂亚说，除了中国，世界上还有许多其他国家的人为中国长城投了票。

评选结果揭晓仪式在里斯本光明体育场举行，由葡萄牙独立电视台向一百多个国家进行直播。葡萄牙总统席尔瓦、总理苏格拉底、文化部部长罗塞塔与来自葡萄牙及其他国家的五万余名各界人士在活动现场共同见证了"世界新七大奇迹"的产生。

评选结果揭晓后，活动组织者向"世界新七大奇迹"所在国家的代表颁发纪念证章。虽然由于评选活动的规定，没有能公布最终的票数和比例，但是长城以绝对优势排在"世界新七大奇迹"首位却是全球人民有目共睹的事实，它对长城的保护具有重大的意义。

根据主办方公布的结果，最终评选出的"世界新七大奇迹"分别为：

第一　万里长城（中国）

第二　佩特拉古城（约旦）

第三　巴西基督像（巴西）

第四　马丘比丘（秘鲁）

第五　奇琴伊查库库尔坎金字塔（墨西哥）

第六　古罗马斗兽场（意大利）

第七 泰姬陵（印度）

新的"世界七大奇迹"作为人类共同的文化遗产，是全人类团结的象征。作为原来的"世界七大奇迹"中唯一留存的埃及吉萨金字塔，由于埃及方面坚决反对将金字塔列为"世界新七大奇迹"候选地，"世界新七大奇迹"基金会决定将金字塔作为荣誉候选地，而不再作为投票对象，因而此项评选共产生八个世界奇迹，包括金字塔。

长城的巨大吸引力表现在哪里

正如敌对的军队战事减少之后，友好的文化体育赛事必将增加一样，在长城失去了军事防御的作用之后，长城的旅游价值开始进入全球人的视野。它所具有的建筑美学价值及其深厚的文化底蕴，使之在进入"世界新七大奇迹"之前，就成为闻名世界的必游胜地之一，为国内外千千万万游客所向往。特别是1987年，长城被联合国教科文组织列入《世界文化遗产名录》后，更成为全人类的文化瑰宝与共同财富，无数中外游客都以能攀登长城而自豪，以目睹这一宝贵遗产为快慰。

如今，长城已成为世界上最具吸引力的、最驰名的旅游胜地，平均每天都要接待三万至五万名的中外游客。仅北京八达岭长城年均接待游客就达六百万人次，创造了世界上参观游览人数的最高纪录，于2002年被列入《世界吉尼斯大全》。现在，无论春夏秋冬，每天都有数以万计的中外游客登临长城，或背包远

居庸关长城（1880年） ▲

足，或攀岩历险，人们从不同的角度探究长城的神秘与伟大，长城所彰显的文明精神，又一次通过游览得到了体现。虽说每个人游览长城的目的各不相同，对长城也抱着不同的幻想，但是无一例外的是，他们都被长城的雄伟所震撼。

长城从中华民族的文明之源走来。两千多年的修筑史，赋予了长城深厚的中华文化内涵。从长城的断垣残砖中，人们发现了中华历史的碎片与痕迹。

长城在世界建筑史上有着特殊的地位。逶迤的城墙随地形曲折蜿蜒，即使在世界范围内，长城建筑的规模和气势，都未有能与之抗衡者。这样奇特而恢弘的建筑，必然会引来众多的参观者和游览者。

在军事史上，长城以其巧妙的军事防御工事建筑和完备的战略工事设计赢得了无数军事爱好者和研究者的青睐。在游览长城的"背包族"中，不乏因为对中国古代军事的热爱而徒步长城者，从他们在长城沿线的足迹中可以看见一座建筑和使用了两千多年的军事工事的重要史料价值和研究价值。

在考古研究上，长城沿线所出土的文物，尤其是汉长城作为保护丝绸之路的建筑沿线，蕴藏着大量中国工艺的精品和艺术珍宝。通过研究这些出土文物，中华民族与欧洲国家之间的贸易往来可以得到印证和解释。

当然，更多的游客是向往着体会见到长城时那种成为"好汉"的激动，以及登临长城时所体验到的阔大与陶醉。无论出于何种目的，登临长城已经成为世人旅游的重要选择，是长城价值和游者自我价值的互相印证。

自 1954 年至 2007 年底，先后有近五百位外国国家元首及政要游览了中国长城。他们面对着中华民族的伟大象征，纷纷发出由衷的赞叹，例如：

1972 年 2 月，美国总统尼克松访华，他在 2 月 24 日游览了八达岭长城后说："我认为，你一定会得出这样一个结论：只有一个伟大的民族，才能建造出这样一座伟大的长城。"他还说："我看过卫星拍下的长城照片，这是地球的标志，应该是人类和平的标志。"

1986 年 10 月 14 日，英国女王伊丽莎白二世在游览长城时说："我到过许多地方，长城是最美丽的。"

1992 年 12 月 7 日，俄罗斯联邦总统叶利钦在游览长城时说："这是世界上最伟大的工程，在其他地方我从未见到过类似的杰作。"

1995 年 12 月 1 日，古巴国务委员会主席卡斯特罗游览了长城，他说："对这座体现中国人民勤劳、顽强精神和聪明才智的工程，我感

▼ 长城台

到无限钦佩。长城是一座难以想象的建筑，我国代表团将永远记得并感谢有机会游览长城。"

1999年4月9日，卡塔尔总统埃米尔·哈马德为长城留言："我只能表达对这一独特城墙的敬佩之情。长城是中国古代文明成就的见证，现在又为中国的进步发挥着巨大的推动作用，将来整个人类必将受益于它。"

2002年12月3日，俄罗斯联邦总统普京在游览长城后题词："我为中华民族之勤劳、风景之秀美、历史之伟大而感到惊讶！"

金山岭长城 ▶

可以这样说，大凡来中国旅游的人，几乎都要登临长城，有的还是多次登临，有的还在长城上进行各种展示人类创造力的活动。

1992年11月15日，39岁的亚洲飞人柯受良驾驶"雅马哈"摩托车飞跃了金山岭长城，飞跃距离58.4米，创造了骑摩托车飞跃长城的世界纪录，成为中华飞跃长城第一人。

2001年6月16

日，曾创下两项吉尼斯世界纪录，被誉为"世界脱手倒骑摩托车第一人"的大连旅顺旅游集团特技飞车队队长于顺业在旅顺口区倒骑国产"嘉陵"摩托车，成功飞跃金山岭长城。此举被载入人类挑战自我、挑战极限的史册。

2005年7月9日下午，滑板世界冠军、多项滑板世界纪录的创造者，时年三十一岁的丹尼·维，脚踩滑板飞越地势险要的居庸关长城，而且四次飞越全部成功。滑板运动的激情与现代活力加上长城的古朴和厚重的历史给世人带来了体育与视觉的双重盛宴。虽然没能如愿打破吉尼斯世界纪录，但是丹尼·维在活动中表现出来的精湛技艺和勇于挑战自我、挑战极限的精神令中华儿女为之钦佩。

自从2007年7月7日长城被选为世界第一大奇迹之后，作为世界级风景名胜区，长城的影响力正在逐渐扩大并且持续发展下去。

长城越来越名播全球的主要原因是什么

中国的万里长城，为什么能如此举世著称并越来越名播全球，以无穷的魅力吸引着千千万万的海内外游客前来观光览胜呢?主要原因有如下四点：

一是历史悠久——从中国早在公元前7世纪的春秋战国时期各诸侯国建造称为防卫墙的长城算起，至今已有两千七百多年历史。

二是长度惊人——据有关部门调查统计表明，中国从春秋战国到清朝(包括入主中原的少数民族政权在内)，历代对长城都有不同程度的维修与增建。长城遍布于黄河、长江流域的十六个省、市、自治区，既有东西走向，也有南北走向，总长度达108000里(计5.4万公里)。其中超过一万里的就有秦长城、汉长城和明长城。由于计达万里以上，所以称之为万里长城。

三是工程浩大——据科学家粗略计算，如果把明长城的土、砖、石方拆下来，用来重新修筑一条1米宽、5米高的城墙，那么可环绕地球一周；假如用来铺筑一条厚0.33米、宽5米的公路，则可环绕地球三周。由此可见这一工程之浩大。

四是建筑技术高超——众所周知，万里长城所经之地或高山深谷，或江海湖岸，或沙漠草原等，地质地形极其复杂险峻，施工作业尤为艰难。要把长城修筑起来，必须懂得并应用数学、力学、几何学、测量学、地质学、建筑学以及组织、运输等多

古老的边防墙(1907年) ▶

种科学技术知识。中国古代劳动人民能将这一巨大而复杂的工程兴建起来，并能千载屹立人间，这表明中华民族具有无穷的智慧和伟大的创造精神。

■ 八达岭的垛口与敌楼旧照

长城历史：延续建造两千七百多年的文明长卷

中国万里长城的历史，时间上跨越两千七百多年，地域上纵横大半个中国；从研究门类上讲，它涉及历史、地理、政治、军事、经济、民族、建筑、文化、旅游等诸多方面。长城不仅仅占据着中华大地巨大的地理空间，它在中华儿女的心中也占有着巨大的民族情感空间，在漫长的中华文明史上它还占据了两千多年的历史空间。

从战国时代到清末，对长城的不断修筑和巩固贯穿于古代中国。这座建造并使用了两千七百多年的城墙，不仅在世界军事史上是一座无以比肩的高峰，就是在整个世界历史上也是一个独一无二的伟大奇迹。

周幽王烽火戏诸侯的故事

在中国，周幽王烽火戏诸侯的故事可谓妇孺皆知。故事的梗概是这样的：西周末年(公元前776年)，昏庸的国君周幽王有一爱妃，名叫褒姒。褒姒因被迫离开父母，入宫后闷闷不乐，从不发笑。幽王为博得美人的笑容，便心生一计，不顾一切后果地带她登上西安骊山的烽火台，点燃烽火。各路诸侯见烽火连

周幽王烽火戏诸侯 ▶

天，以为京城告急，便纷纷率兵马前来救援，一时人嘶马叫乱成一团。褒姒观此情此景，并看到幽王的贪婪丑态，终于忍不住笑了起来。幽王终于看到了心爱妃子的美丽笑容，自以为得计而欣喜若狂，并泄露了自己的昏庸心计。各路诸侯被幽王如此愚弄，都忿忿撤兵离去。从此，周幽王在全国逐渐臭名远扬失去民心。几年后，西戎军队真的打来了，幽王无奈之下只好再次点燃骊山烽火。但各路兵马唯恐再次上当受骗，均按兵不动。西戎军攻进王宫杀了幽王，妃嫔等被掠劫一空，西周从此灭亡。

　　这个古老的故事除了描写昏庸无能的周幽王失败的历史事实外，还揭示了两个问题：一是远在公元前1027年～前771年，中国长城的雏形已初具规模；第二，揭示出长城式的城堡在当时的重要作用：它保卫着华夏儿女的安定与中华文明的传承。中华民族从来就是一个爱好和平的民族，中华文明以农耕文化为核心，在中国西北沿线与游牧民族相区分。虽然两种文明所孕育的不同民族在发展史上长期共存，经济和文化往来繁多，但由于两种文明所固有的差异性，双方常在交界地区发生冲突和争战。中华大地西北高东南低，游牧民族大多占据着高耸的有利地形，恃着烈马和运动战优势，经常南下骚扰掠夺汉人。由此，战时防御成为修筑长城的主要原因。

事实就是这样，长城的建筑，并不是突然出现的，它是远古时代部落氏族在居住处或村寨周围用"封树"（用大小原木打入或埋入土中）和"土墉"（挖沟引水，堆土起墉）来设防的延续；周朝分封诸侯后，各诸侯都建起了城池，并把"封树"和"土墉"的方法扩展到国土的疆界上。

随着中华文化在全球的传播，长城所具有的防御性的和平功效得到进一步发挥和体现。有众多事实可以证明，以德国始建于公元1世纪的长城（位于莱茵河和多瑙河之间，总长达584公里）为代表的许多国外的长城都是中国长城的复制或在其影响下产生的，也象征着中国和平式的战略防御性工事得到了国际的认同和效仿。其中，有始建于公元2世纪的英国长城（哈德里安长城，全长73英里），修筑于500多年前的印度长城（全长70公里，建有烽火台32座），公元

▼ 长城第一墩

19

1033 年至 1044 年修筑的朝鲜长城（全长 370 多公里），建于 20
世纪 60 年代的澳大利亚长城（长达 5531 公里，高 18 米）。

从最早修筑的"互防长城"到"拒胡长城"

中国最早修筑的长城叫"方城"、"防卫墙"或称"互防长城"。春秋战国（公元前 770～前 221 年）时各诸侯国之间修筑的长城被称为"防卫墙"。当时称"边墙"，也称"互防长城"，这便是长城的雏形；后来，为抵御北方游牧胡人而修筑的长城则称为"拒胡长城"。

据《史记》等史料记载，秦、齐、楚、韩、燕、赵、魏、中山等国，均谋求以武力进一步兼并各国，实现统一天下。这种统一的趋势在某种程度上促进了各诸侯国之间的战争。"战国七雄"为了战争的需要，纷纷倾力筑造长城。公元前 656 年以前，楚国为防御中原诸侯国家的进攻，在所拓展的东部、北部和西部边界上修筑了一系列防御工事，依地形排列，联结起众多

秦长城遗址 ▼

20

大小不等、或方或长的城堡，长达千里，这种充分利用山河之险而联结起来的防御工事被称为"方城"。这道长城处在楚国都城的西北和东北面，是为防御邻国的进攻而准备的最早的、最坚固的"互防长城"。

▲ 齐长城

战国初期的秦国经济落后，多有内乱，因而常遭魏国进攻。为此，秦厉公和秦简公先后在黄河和洛水西岸修筑长城，史称"堑洛长城"。堑洛长城依河岸山崖修建，比较简单。秦国的另一条长城，是秦昭王时期修建的西北边地长城，这条长城主要是为了防御西北部戎族义渠。义渠在春秋时代势力强大，与秦国时战时和。到了秦昭王在位时期，秦国才灭义渠，夺取其地，并筑长城以拒之。

根据历史文献记载，赵国也有两道长城。一是赵国南境的漳滏长城，用以防魏，同时也起防秦的作用。此漳滏长城的位置在漳水北岸，至今尚有遗址可寻。二是赵武灵王所筑云中、雁门、代郡长城。这位以"胡服骑射"而享誉的开明君王虽然在生活和战斗方面广泛引进胡人先进的方式，但是他对胡人的侵扰并不退让。赵武灵王二十年（公元前306年），他打败了林胡、楼烦，并于五年后开发燕、代、云中等地，修筑了"拒胡长城"，

21

为后来秦始皇修筑万里长城打下了基础。这段赵长城的遗址至今仍断断续续地绵亘于中国北部内蒙古的大青山、乌拉山、狼山之间。

燕国曾是"战国七雄"中较弱的国家，燕昭王即位（公元前311年）后，发愤图强进行改革，设黄金台招纳各国贤能之士，国力逐渐强盛起来。但在燕北常有胡人南下骚扰，西有秦国崛起，为了防御胡和秦、赵，燕国便修筑了东北长城和易水长城。东北长城位于渔阳、辽西、辽东。在国力尚未强大、还不足以与东胡决战时，燕昭王曾让大将军秦开在东胡做人质，以求安定。秦开智勇双全，在东胡做人质期间，深得东胡的信任，可以在国境之内行动自由。因此，他了解了东胡南部的险要地势、军队的布防情况和活动规律，归国之后受命率大军击败东胡。东胡向北退走千余里，于是秦开从造阳到襄平（今辽宁辽阳）修筑了"拒胡长城"，以防东胡再度骚扰。据考证，这是战国时期最后出现的一条长城。易水长城的修建则是为了防齐、赵，保卫燕国下都易水城。燕易水长城在《水经注》和《大清一编印志》等古籍中都有记载，其位置大致在今河北易县西南，向东南达于文安县东南，长约五百余里。

在防御西北游牧民族的入侵中，长城是非常成功的。它能够抵消游牧民族的优势，大大发挥农业定居民族的优势，实现优势互换。游牧民族的机动、隐蔽、随时动员、脱离战场迅速等优势在庞大而坚固的城墙面前，不能充分发挥；中原汉人则由于长期定居，居民人口众多，驻守城关时，兵多将广，财力雄厚，适合于进行持久战和阵地战。

长城的城坚墙厚，以及纵横连为一体的特征，使得镇守并不需要全线设防，只需要防守重要据点即可。长城沿线大量而完备的烽火报警系统，让信息传递实现即时性，可以有效地减少兵力的使用。同时，常备防守的兵力也不需要与敌一决胜负，只需要坚守待援的力量。可见，无论是最早的"互防长城"，还是后来的"拒胡长城"，它们都为防御外来侵略起到了有力的保障作用。

秦始皇派大将军蒙恬修"延袤万里"的秦长城

秦长城是在中国古代修筑长城的三个大高潮的第一个高潮中修筑的。前面已经介绍过，长城在春秋时期已有零星修筑，战国时期就初具规模。而且，据文献记载，战国时期的秦国也修过两条长城：一为秦沿洛水西岸筑长城以自守；一为秦昭王灭义渠后所筑的长城。但秦昭王所筑的长城，后来基本上为秦始皇所筑的长城利用。因此说，秦始皇时总其大成，连成一片，赫然巍立，"延袤万里"。到了秦始皇时期，"秦已并天下"，派出大将蒙恬率三十万众北逐

▼ 秦长城遗址

23

内蒙古自治区包头市
固阳县秦长城遗址

戎狄，收河南，筑长城。这座工程浩大的防御工事西起临洮，东至辽东，延袤万余里，"万里长城"由此得名。可以说，秦始皇是万里长城的"总设计师"，而蒙恬则是"总工程师"。

　　传说公元前221年，秦始皇统一全国后，北方的游牧民族匈奴势力日益壮大，成为他的心头之患。自称始皇的嬴政想万世为帝，时刻担心秦王朝有一天亡在"胡人"之手。燕国有个方士叫卢生，察觉到了秦始皇的心理，谎称能找到长生不老之术。于是秦始皇便派他前往蓬莱三岛，向仙人寻求长生术。卢生带着一千童男童女出去逛了一圈，没找到长生之术，却带回一本录图书，上书谶语："亡秦者胡也。"秦始皇马上认定谶语中之"胡"是指匈奴，即命大将军蒙恬率三十万兵马北伐匈奴。他还下令全国征丁，在北方边塞修筑万里长城，以阻挡匈奴的南侵。卢生借仙家之名，杜撰出的"胡人"谶言，从此成为天下百姓民不聊生的根源。令卢生和秦始皇没有料到的是，真正应了"亡秦者胡也"预言的，不是"胡人"，而是秦二世胡亥。秦二世胡亥继位之后，变本加厉地横征暴敛，导致了农民起义而亡国。

秦始皇长城大致为：西起甘肃省岷县，循洮河向北至临洮县，由临洮县经定西县南境向东北至宁夏固原县，由固原向东北方向经甘肃省环县，陕西省靖边、横山、榆林、神木，然后折向北至内蒙古自治区境内托克托南，抵黄河南岸。

黄河以北的长城则由阴山山脉西段的狼山，向东直插大青山北麓，继续向东经内蒙集宁、兴和至河北尚义县。由尚义向东北经河北省张北、围场诸县，再向东经抚顺、本溪向东南，终止于朝鲜平壤西北部清川江入海处。

秦始皇修长城的目的主要有两个：一是对外满足军事斗争的需要，抵御外族入侵；二是对内满足政治斗争的需要，对不同的政治势力实行威慑，巩固秦王朝的统治。在秦始皇的心目中，万里长城是关系到治国安邦千秋大业的"一号工程"。无论是抵御还是威慑，长城的作用正是国家与国家之间"定纷止争"的象征。

秦末汉初，匈奴趁中原战乱，越过蒙恬所筑长城，复与汉以战国时期的秦、赵、燕长城为界。秦、赵、燕三国长城年久失修，北方守军稀少，强大的匈奴不断进入长城以内掳掠，甚至一直深入到太原、上郡等地。汉初多位皇帝，如高祖、惠帝、文

▼ 秦长城图

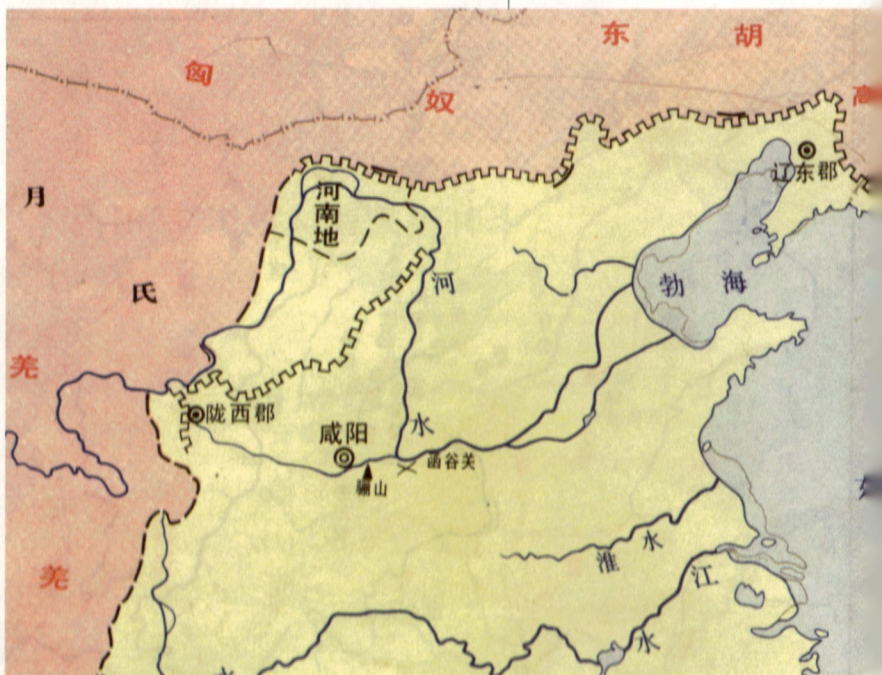

帝、景帝，都被迫对匈奴采取和亲政策，下嫁公主给单于为阏氏（即王后），并赐予大量的财物。

即便如此，长城的功能还是得到了彰显和表现。《汉书·李广传》记载，汉景帝时，李广担任上谷太守，镇守关隘，匈奴始终没有能够从上谷进入长城；汉武帝时，韩安国屯军渔阳郡，被匈奴打败了。武帝让李广担任右北平太守，"匈奴惮之，号曰'汉之飞将军'，避之，数岁不敢入右北平"。镇守长城边关的名将还有程不识，他与李广齐名，治军很严，匈奴也不敢来犯。其后卫青、霍去病、公孙贺、公孙敖等出击匈奴，也是以赵、秦长城为进攻退守的主要据点的。直到汉武帝把匈奴赶到漠北以后，修复蒙恬所筑秦长城和修建外长城，这条破烂不堪的战国时期秦、赵、燕长城才被放弃，它的军事防御作用也才随之终结。由此可见，长城的历史作用是坚固的，这使长城建筑所能发挥的作用达到了极致！

开发"西域屯田"和保护"丝绸之路"的汉长城

汉代是中国古代修筑长城的三个大高潮中的第二个高潮期，也是历史上修筑长城最长的朝代。汉长城较之秦长城有所发展，筑有两道平行的内外长城。从公元前206～前25年的西汉时期，汉武帝为了"不教胡马度阴山"，以利加强对匈奴骑兵的战略防御和保护"丝绸之路"的中外交往，动用民工、军工等数百万人，修筑起一条西起新疆盐泽（今罗布泊），东至辽宁东及黑龙江，经过蒙古、内蒙古等地的内外双重长城，长度达到两万里。大费财力修筑的汉长城，除了军事防御外，还起着开发西域屯田、保护通往中亚"丝绸之路"的作用。

公元前157～前87年，汉武帝曾派大将李广对掠夺成性的匈奴奴隶主进行回击，元朔年间又派大将卫青、霍去病大破匈奴。在收复了被匈奴侵占的土地之后，汉武帝下令把秦始皇时所修长城加以修缮，作为防御工事。他不仅修缮秦长城，而且在元狩年间，新筑河西走廊长城，其规模之大，已远出秦始皇长城之上。西汉（主要是武帝时期）所筑河西长城，有力地阻止了匈奴的进犯，对发展西域诸属国的农牧业生产，打通中西交通，发展同欧亚各国的经济贸易、文化交流起了重大的作用。

▼ 汉长城

闻名世界的"丝绸之路"从长安出发，分南北两路经康居、安息、叙利亚而到达地中海沿岸各国，长达两万多里，其中在汉王朝管辖地区有一万里以上。南路从敦煌经楼兰达安息（即波斯，今伊朗），再往西达条支（今伊拉克）；北路从敦煌经车师前王廷（今吐鲁番），在疏勒（喀什）与南路相合。在这条万里古道上，至今仍巍然耸立着两千多年前汉代修筑的长城、亭障、列城、烽燧等遗址。从遗址和古墓葬出土的文物中，可以赫然看到汉长城对这条漫长的国际干道的安全保护作用。武帝以后，对长城的增筑主要集中于昭、宣二帝时期：昭帝时修筑了东段长城；宣帝时修建了罗布泊以西至库本的长城。此后的东汉也修过长城防御工程，光武帝曾多次"分筑烽堠堡壁"，但与西汉长城相比，东汉长城防御工程的位置向南退缩了许多，规模也更小。

汉长城军事防御系统的建筑形式除了城墙和与之相连的城堡外，还有列城、亭、障、烽（燧）、塞、堑壕、土垒、天田、坞等，尤其重视障、塞、亭、燧的建设，并建立了严密的烽燧制度。重视长城预警系统的修建使得朝廷能保留出巨大的机动兵力用于堵截或进攻，这是汉长城比秦始皇万里长城进步的地方。

或许是汉长城所护卫的"丝绸之路"发挥的媒介作用，汉

甘肃省敦煌市内的汉长城 ▼

王朝修筑长城成功抵御匈奴的信息传到了欧洲罗马帝国。在公元1世纪，欧洲罗马军团在英格兰和苏格兰之间建起了一道哈德里安长城。虽然它与汉长城有诸多相似之处，但在长度上却不到汉长城的八十分之一。公元1900年，赴中国考察过长城的匈牙利地理学家乔尔诺基·叶诺说："长城的步步西展，就是中国与匈奴势力强弱的契机，匈奴势力因此一蹶不振，终于不得不向欧洲逃窜，足以摇撼罗马帝国。在这一意义下，虽然两个长城都成为一条政治性的国界线，罗马帝国的长城跟汉长城比较，实在要惭愧失色了。"

从"万里防御"的明长城到
"修德安民"的无形长城

汉代以后的各朝都修筑长城，而且是连续不断，比如有西晋长城、北魏长城、东魏长城、北齐长城和隋长城、辽长城以及金长城等，但是却始终没有大规模的建筑。中国古代修筑长城的第三个高潮，一直到明朝才开始，因为明长城的修建，又成为了当时举国上下的大事。原因是，明朝建国之初，始终面临着元朝卷土重来的危机。蒙古族逃回旧地，但仍不断南下骚扰；东北随后又有女真兴起，造成明朝外患。为防御蒙古、女真等游牧民族的扰掠，明太祖朱元璋在建国号的第一年洪武元年（公元1368年）就派大将军徐达修筑居庸关等处长城。洪武十四年（公元1381年），又修筑山海关等处长城，到公元1600

年前后基本完成了万里长城的修筑工程，个别城堡关城一直到明末还在修筑。可以说，在明朝两百多年中几乎没有停止过对长城的修筑和防务。

明代长城自居庸关以西，可以划分为南北两线，到山西偏关老营相合，被称之为内、外长城，或里、外长城：里长城从居庸关西南经河北易县、涞源而进入山西，直到老营；外长城自居庸关西北经河北张家口、怀安而进入山西，沿内蒙古、山西交界处达于偏关。位于河北、北京、山西、内蒙古境内的明代内外长城是首都北京的西北屏障。从明朝洪武元年（公元1368年）到明朝末年（公元1644年）的276年间，共大修长城18次，修筑了西起甘肃嘉峪关，东到辽宁鸭绿江的虎山，全长6350公里的万里长城，其横跨相当于今天的甘肃、宁夏、陕西、内蒙古、山西、北京、天津、河北和辽宁等9个省、市、自治区。这是中国历史上筑城时间最长，建筑最为精良雄奇的万里长城。

为加强长城的防御作用，明王朝将长城沿线划分为九个防御区，分别驻有重兵，称为"九边"或"九镇"。每镇设有总兵官领辖。这九镇分别是：辽东、宣府、大同、延绥、宁夏、甘肃、蓟州、固原、山西。在九镇之

明长城遗址（1908年）▼

下，关城尤为要害。所以"天下第一关"（山海关）、"天下第一雄关"（居庸关）之类的嘉誉才流传至今。明长城的关隘险口很多，每镇城所辖关口多至数百，其中有名的关口也有几十座。著名的内、外三关即是长城在线的六个重要关口——靠近当

▶ 居庸关长城（1922 年）

时首都北京的居庸关、倒马关、紫荆关是"内三关"，自此往西的雁门关、宁武关、偏头关是"外三关"。这内、外三关是明王朝保卫京师畿辅地区的重镇和险阻，往往重兵把守。

然而，在历史上曾发挥重要战事防御作用的长城，到了清朝几乎少有修筑。这是由于在满清攻打明朝的过程中，蒙古族是重要的同盟，而皇太极统一全国后，对蒙、回、藏等少数民族依然采取绥靖政策，因此大清王朝几乎没有边患。没有边患的时代，以防御游牧民族进攻为主要功能的长城也就逐渐丧失了原来的作用。康熙皇帝赋有诗曰："万里经营到海涯，纷纷调发逐浮夸。当时费尽生民力，天下何曾属尔家！" 他认为秦始

皇修筑长城是徒劳无功，遂下令罢修长城。乾隆皇帝也作有《望长城作》："千秋形胜因循览，万古兴亡取次觇。自是天心无定向，从来违顺卜鰲黔。"可见清王朝鉴于明朝亡国的教训，清楚地看到，明朝耗费巨大的人力物力也未能挽救灭亡的命运，而只有建起"修德安民"的无形长城，才能怀来远人，真正实现长治久安。

　　不过，为了平定内战和安定百姓，清代也对原长城线上的某些关口作过修缮（如在湘西修复过明代苗疆边墙，今称"南方长城"），还修筑了与长城有类似功能结构的建筑。如同治六年（公元 1867 年），东捻军被围。为防止西捻军东渡救援，清政府派 3500 人在壶口瀑布东岸上下沿线自大宁县平渡关至乡宁县麻子滩修筑了 167 公里的栈道、长墙并用的军事设施。它东依崇山，西临黄河，并设有炮台和报警的烽火台，被称为清代内长城。

长城关隘(1907 年) ▶

长城的四大历史作用及其现实价值

　　长城的作用与价值可以从历史与现实两个角度来分析。从历史上看它具有如下四个重要的作用：

　　一是保障了军事上阻击来犯之敌。高大、坚固的万里长城，组成了严密的防御体系与封锁线。这对仅擅长骑射与马上作战的游牧民族骑兵来说，只能望城兴叹，难以攻坚，从而有效地起到了军事上阻击来犯之敌的重要作用。

　　二是促进了经济的发展。长城的修筑，有力地促进了长城沿线的经济开发。如秦代筑城时，便在长城沿线设立了十二个郡、四十四个县，并从中原地区移民前往开发，"设屯戍以守之"。由于郡县制与军屯制的实施，有效地推动了长城沿线农牧业生产的发展。汉代修筑长城时，也大力发展长城沿线的屯戍制与屯田制，解决了守城将士的给养等问题。至明代，据《春明梦余录》一书记载，不但军屯发展到"养兵百万不费百姓一粒米"的盛况，同时民屯经济也大为发展，使长城沿线的不少荒野、山川得到了有效的开发和利用。

　　长城的修筑及长城沿线屯田制的实施，也带动了该区域的农田灌溉及道路网络的基本建设。长城沿线区域不仅有了边塞之间的军用通道，而且有了田作之间的农用通道。尤其是秦、汉、明等各朝为了加强长城沿线的防卫，还修筑了直达京城的大道，不仅有利于调运粮草、兵员，也对促进长城内外的物资文化交流及推动北部边疆经济的发展，发挥了重要的作用。

嘉峪关城楼（1907 年）▲

　　三是促进了中华民族的大融合。我国历代修筑长城在实行沿线屯军、屯田开发的同时，在一定时期还开放沿线的贸易市场，以促进长城内外的物资流通与文化交流。这种和平互市的交易方式，既满足了长城内外兄弟民族生产与生活上的需求，又让游牧民族学到了汉族人先进的农耕技术，而且汉人也学到了不少有益的畜牧等知识。游牧民族与农耕民族的这种和平交往，有利于消除彼此之间的隔阂，增进民族之间的相互了解，使各族人民在思想、文化和生活习俗等方面逐渐融合起来，促进了中华民族的大融和。

　　四是保卫了亚欧大陆丝绸之路的畅通。亚欧丝绸之路，又称"亚欧大陆桥"，在长城的有力保障下而得以畅通往来。中国的万里长城在维护中西方经济贸易、科学技术及文化艺术的交流与发展等方面，发挥了重要的作用。

长城的历史价值还在于，它不仅表现了两千七百多年前中华民族的伟大气魄，而且显示了中国人民自古以来就热爱和平和保卫家园的决心，同时还体现了中国人民的智慧、高超的军事科学水平和高度的科学文化水平。

今天，中国进入了现代化建设的新时期，长城依然具有很大的现实价值。首先，它是中华民族英勇不屈的精神象征，彰显着不畏强暴、不怕艰难的民族精神和气节。其次，长城及其地下文物有着巨大的文物价值，是当代军事史料研究的资料宝库。在今天战争仍然不断，研究中国军事史有着重要的意义。再次，目前可见的长城遗址是长城沿线自然变化的历史见证。从它的断裂、侵蚀、湮没程度来分析，可以了解各个历史阶段的地震、风沙、泥石流的变化规律，从而为气候学研究提供有力的证据。最后，在长城遗址沿线蕴藏着大量的尚待开发的旅游文化资源，这些旅游文化资源可以转化为经济资源，从而为中国的建设贡献力量。

中国历代修筑长城一览表

为了便于广大读者清楚地了解中国历代修筑长城的简况，我们制作了"中国历代长城一览表"，简要列表如下：

1. 修建于公元前 688 年前后的楚长城

总长约 500 公里

　　楚长城是中国最早修筑的长城，人称"长城之父"。楚长城在历史文献记载上被称为"方城"。它西起今湖北竹山县，跨汉水辗转至河南邓县，往北经内乡县，再向东北经鲁山县、叶县，往南跨过沙河直达泌阳县。

2. 修建于公元前 685～前 645 年间的齐长城

总长约 500 公里

　　齐是春秋时期各诸侯国中修筑长城较早的一个。齐长城西起今山东平阴县北，向东乘山岭经泰安县西北、莱芜县北、章丘县南、淄川县西南、临朐县南、安丘县西南、诸诚县南、琅琊台北至胶县南的大朱山入海。

3. 修建于公元前 461～前 272 年间的秦昭王长城

总长约 500 公里

　　秦昭王在秦始皇之前，打败义渠后开始修筑长城。它起于今甘肃中部的临洮，北达今兰州，再东行到今宁夏的固原县境，折而东北行，到甘肃的环县、庆阳，再到陕西。

4. 修建于公元前 376～前 314 年间的中山长城

总长约 250 公里

　　中山长城位于今河北、山西交界的地区，纵贯恒山，从太行山南下，经龙泉、井陉、娘子关、固关至邢台黄泽关以南的明水岭大岭口。

5. 修建于公元前 361～前 351 年间的魏长城

总长约 800 公里

　　魏长城在今河南、陕西境内。魏西北长城南自华山，西北行，又沿黄河西岸北行；西南长城在阳武跨过阴沟，过北济水、南济水，又经管城，往西南至于密。

6. 修建于公元前316～前285年间的燕长城
总长约1500公里

燕长城也叫易水长城，位于今河北易县的西南，向东南经定兴、徐水、安新、文安、任丘，达于文安县东南，长约250公里。燕东北长城，约自今河北张家口东北行经内蒙古多伦、独石等境，又东经河北省围场县、辽宁朝阳等。

7. 修建于公元前274～前230年间的郑韩长城
总长约28公里

郑韩长城先是郑所筑，后来韩灭郑，继续修筑使用。这一长城与魏的东南河外长城相结合，用于防秦。

8. 修建于公元前300～前299年间的赵长城
总长约850公里

赵有两道长城：漳滏长城，位于漳水北岸，在今河北临漳、磁县一带，全长约200公里；北长城，经今内蒙古包头市西北折入阴山至高阙，长约650公里。

9. 修建于公元前238～前210年间的秦始皇万里长城
总长约5000公里

秦始皇万里长城，西起临洮，北面、东面沿用了赵、燕的旧长城，西起高阙，东到造阳，再东行，抵达辽东。

10. 修建于公元前130～前104年间的汉长城
总长约1万公里

汉代是历史上修筑长城最长的一个朝代。汉将秦始皇时所修长城加以修缮，又大建亭障、列城、烽燧。其遗址在新疆、甘肃、宁夏、内蒙古以及河北、山西等省、自治区随处可见。

11.修建于公元256～281年间的西晋长城

总长约1500公里

西晋长城，仅见于《晋书·唐彬传》记载。后据学者冯永谦考证，西晋长城沿线是从河北省东北部到朝鲜大同江入海口北岸的碣石山，大体为秦汉时期的长城旧线。

12.修建于公元423～429年间的北魏长城

总长约1000公里

北魏长城一段起自今河北赤城县西至内蒙古五原县；一段从居庸关向南至灵丘，再向西经平型、北楼、雁门、宁武、偏头诸关达山西河曲县。

13.修建于公元543～548年间的东魏长城

总长约75公里

东魏长城西自今山西静乐县，东至今山西原平市。

14.修建于公元552～557年间的北齐长城

总长约1500公里

北齐长城其一段西起大同西北东至河北山海关，另一段经北京居庸关南口西至山西大同。

15.修建于公元556～529年间的北周长城

北周长城西自雁门，东至碣石，在北齐原来长城的基础上，创新改旧，但修筑工程不大。

16.修建于公元581～587年间的隋长城

隋共修长城七次，大多是在原有长城上加以修缮。唐、宋、辽时期，长城的修筑工程几乎处于停滞阶段。辽曾在鸭子河与混同江之间修筑了一段长城。

17. 修建于公元947～1125年间的辽长城

总长约700公里

辽共历九帝，统治中国北部216年。辽王朝曾在呼伦贝尔草原西部修筑了一道长城。这道长城横亘于今中、俄、蒙三国境内，全长约700公里。由辽圣宗耶律隆绪和兴宗耶律宗真时代相继修筑。

18. 修建于公元1198～1206年间的金代长城

总长7000多公里

金代长城西起今黄河河套一带，东达黑龙江省松花江，经陕西、山西、河北、内蒙古、辽宁、黑龙江等省市。

19. 修建于公元1381～1600年间的明代万里长城

总长6300多公里

明长城东起鸭绿江，西达嘉峪关，横贯今辽宁、河北、天津、北京、内蒙古、山西、陕西、宁夏、甘肃等9个省、市、自治区，俗称"万里长城"。目前仍然存在，或仅余遗址和完全消失者各占三分之一。

20. 修建于公元1862～1874年间的清代长城

总长约167公里

清代也对原长城线上的某些关口作过修缮，如在湘西修复过明代苗疆的"南方长城"，还修筑了与长城有类似功能结构的建筑，自山西大宁县平渡关至乡宁县麻事滩的375公里的栈道、长墙并用的军事设施。它东依崇山，西临黄河，并设有炮台和报警的烽火台，被称为清代内长城。

黄崖关长城

长城建筑：千姿百态穿越万里的独特人造工程

　　可以说，中国的万里长城是中国古人将自然科学的原理应用到生产实践中的典范，它以其独特的建筑实用性、适应性和地区性等多种特征，凝聚了中国传统建筑结构的重要特征，成为世界文明史和世界建筑史上的奇迹。长城在中国的分布相当广泛，从南到北，穿越了多种地貌形态，或筑于高山之上，或修在两峰之间。多种多样、千姿百态的长城建筑不仅具有建筑美学上的意义和价值，在战事防御方面更发挥了难以替代的重要作用。长城建筑的特殊，是指修筑者的出发点不在于追求美学意义，而在于险要的地形和获得足以防御抵挡敌军入侵的地理位置。

长城建筑最为独特之处是"固若金汤"

　　长城在历史上第一次成功防范的例子发生在春秋战国时期。那时齐、楚两诸侯国都很强大，互有吞并之心。而齐国有号令诸侯、代天子讨伐其他诸侯国的特权。于是，齐国率领着其他诸侯国公开讨伐楚国。可是到了楚之境，看到楚国城防（方城，即长城）高大坚牢，固若金汤，竟然未敢与之开战。

但是最具有代表性的却是唐太宗李世民时期，太子李治和名将薛仁贵征西。十万唐军在长城关口锁阳城（苦峪城）外中了埋伏，被哈密国元帅苏宝同的数十万西域游牧部落骑兵包围。薛仁贵发现名为"锁阳"的野菜可以充饥，于是命大军退回苦峪城，坚守不出，同时命老将程咬金杀出重围之后，从长安班师解围。解围之时，薛仁贵已经在苦峪城坚守了一年零四个月，于是将苦峪城改名为锁阳城。

　　再比如长城的烽火台，登者可居高临下，来攻者则望之莫及，守者则以逸待劳，不但可以保护自己，还可以杀伤敌人。不论秦汉时的匈奴帝国，还是明时北方可汗俺答，每当游牧民族的骑兵冲到高大雄厚坚固的长城面前，无一例外都因缺乏相应的攻城战略、攻城器械以及有效的进攻方式，而显得措手不及，攻城乏术。

府谷县境内秦长城烽火台 ▶

可见，长城的军事意义正在于修筑之初就巧用心思，充分利用地形地貌等自然条件，修筑出"固若金汤"的人工防御工事，从而使得防守方原有的被动地位出现转换，尽量利用各种优势造成己方的主动和攻城方的被动，变被动为主动，亦可转守为攻，攻守自如。

因为修筑长城的目的在于抵挡强大而流动性强的游牧民族的进攻掳掠，因此在修筑长城时往往选择易守难攻的地方，在紧要的关口修建烽火台、瞭望岗。在冷兵器时代，修筑防御工事的重要做法是结合自然优势，据险要之地为城池。正因为有险可守，易守难攻，所以地势地形上的险要之地，往往都是历史上的"兵家必争之地"。长城的修筑，就多依山势，走势也随着自然屏障延伸。这在历朝对长城的修建和重建中都可以明显地看出来。

在战国长城中，始建于公元前 404 年之前的齐长城，就是一个典型例证。它西起今济南长清县境，向东沿泰沂山脉，蜿蜒千余里，至青岛市黄岛区小珠山抵海。其中今章丘南部文祖镇三槐树村南一段，在清朝同治年间为防捻军，曾重新修葺。这段长城全为石筑，长800余米，高10米左右，垛口完整，逶迤连绵于山脊之上，犹如苍龙伏卧，气势壮观。更为重要的是，齐长城在此处的两山之间辟建"锦阳关"口，章丘、莱芜的来往贸易都要从锦阳关通过。因此，只要少量的驻军，就可以起到"一夫当关，万夫莫开"的作用。而如今，宽阔的章莱公路从锦阳关下穿过，仍是重要的交通枢纽。锦阳关1979年9月被公布为济南市重点文物保护单位。这种扼交通要津的做法，在历代长城的走势和修建中屡见不鲜。

另一种情况是关隘修建在山顶。北京附近的黄花城长城位置险要，受到历朝重视。明代的黄花城长城不仅担负着守护京师的任务，同时还担负着看护明皇陵的重要使命，因此长期有重兵驻扎。驻军不断修筑军事工事，加固黄花城长城，使得这一时期的黄花城长城防御工程技术和防御指挥体系设计水平远远高出其他朝代。黄花城水长城自西水峪水库起，东至小城峪的一段，充分体现了黄花城长城在修建时的良苦用心和对此段长城的重视程度。这段长城为倒"V"字形，蜿蜒若游龙入湖，人称"龙吸水"。明代蔡凯将军亲自踏勘地形，指挥修建，他将长城北面的高山纳入了长城以内，形成了

黄花城长城 ▼

今天的倒"V"字形。北面的高山上设有烽火台，可以极目远眺，观察敌情。整段长城沿着山势的起伏而走，望之令人生畏。据传，城墙是用小米熬汤砌筑，整段长城极坚固而又险峻，所以这段长城又被称为"金汤长城"，中国"固若金汤"的成语也由此而来。

长城建筑第二个独特之处是"用险制塞"的修筑原则

从长城的整体走势和地形上看，历代修筑长城普遍采用的指导原则，无外乎"因地形，用险制塞"，"因边山险，堑溪谷"。因险阻敌，既可御敌制胜，又可节省物力、人力。例如最早的楚国长城，就是利用伏牛山脉高地连接河流堤防而形成的；秦国的堑洛长城也是削掘洛河岸边的山崖而形成的；齐长城西起济水、浊水（今为黄河）的双重水防，紧连着横贯海岱之间的自然天险，向东直入黄海；明朝政府利用渤海、燕山之间的狭窄地带设置了"两京锁钥无双地，万里长城第一关"的山海关，在千里河西走廊、在银光闪跃的祁连山雪峰与黑山之间修建了河西重镇嘉峪关；明代更利用燕山与蒙古高原、太行山、恒山相连又相错的山势，修筑出外长城和内长城、安置内三关与外三关。这些都是长城建筑地貌走势科学性的充分证明。

具体到某段城墙施工中的选址也是如此。在现存的长城遗址中，巧妙选择有利地形修筑城墙的例子比比皆是。如居庸关

居庸关长城（1871 年）▲

八达岭的城墙都是沿着山脊修筑的，这无形中加强了山脊本身的天险防御功能，在山脊上修筑城墙更加险峻。修筑时多利用山脊的崖壁来修筑城墙，有的地段从外侧看上去长城非常陡险，但长城内却是较为平缓的；有的山脊外侧巨石悬崖本身即可防御。

若遇到十分险峻的悬崖，长城修筑则到此中断，因为悬崖本身就是足够好的防线。在历代长城遗址中随处可以看到这种殚精竭虑、用尽天工的巧妙科学的构筑。

从历代长城的设置及布局看，长城是由沟壕、烽燧、城堡、关隘等组合而成。长城所经过的地段多崇山峻岭，依山筑城、断谷起嶂、择险置戍，总是在双方军事力量的缓冲地带建造。北京著名的八达岭长城，就是典型的例子。八达岭，明代的《长安夜话》中说："路从此分，四通八达，故名八达岭，是关山最高者。"八达岭是层峦叠嶂绵延起伏的军都山的一个重要山口，它的地理位置决定了它自古便是重要的军事战略要地：八达岭雄踞于西北通往北京的咽喉要道最高处，是扼守京畿、守卫京城的重要关隘，素有"北门锁钥"之称，古人有"居庸之险，不在关城，而在八达岭"之说。战国时期，为防御北方民族的侵扰，燕国在此修筑了长城；明代为了加强防御，于明弘治十八年（公元 1505 年）重建八达岭长城，此后明嘉靖、万历年间曾对八达岭长城进行过长达八十余年的修建，并将抗倭名将戚继光调来北方，指挥长城防务。在戚继光的主持下，经过长期的修建，八达岭长城成为城关相联、墩堡相望、重城护卫、烽火报警的严密防御体系。

八达岭长城位于居庸关外口，蜿蜒于崇山峻岭之间，依山而建，高低起伏，曲折绵延，修建的目的在于护卫居庸关。居庸关作为一座关城，坐落在从八达岭长城至南口的 40 里长的峡谷中间，峡谷名为"关沟"。关沟两侧两峰夹峙，一道中开，而真正扼住关口的正是八达岭长城。它高踞关沟北端最高处，居高临下，形势极为险要，所以有"自八达岭下视居庸，如建瓴、如窥井"的说法。八达岭山口的特殊地形，决定了八达岭长城具有极重要的战略意义。这是八达岭见证了历史上许多重大事件的缘由。秦始皇东临碣石，由八达岭取道咸阳；萧太后巡幸，元太祖入关，元代皇帝每年两次往返，明代帝王北伐，李自成攻陷北京，清代天子亲征，八达岭都是他们的必经之地。

在八达岭长城护卫之下的居庸关长城，也是一处在险要地带修建长城的代表。居庸关长城在燕山系军都山脉上，属于河北易县，周边共有 80 座

▼ 居庸关长城

海拔千米以上高峰。其中居庸关所在的东山（紫金岭）为燕山前后两列山地的交汇地带，其西部、南部较高，东部较低，海拔多在600～1000米之间。南山则是一系列低山，海拔多在800米以下，山势平缓，群山连绵，谷地宽阔。在南山与东山中间的盆地由东北向西南延伸，东西长35公里，南北最宽处16公里。这种居高临下的地形和地貌，有利于在居庸关观察敌军的情况，有利于排兵布阵，驻守扎营。同时，占据了险要的高地，在军事作战中就占有了首要优势。

长城建筑第三个独特之处是"系统防线"构成的科学性内涵

就长城的具体建筑构件来看，其修筑结构可以分为城墙、关城、烽火台等部分。城墙的修建是长城防御工程中的主体部分，它建于高山峻岭或平原险阻之处，根据地形和防御功能的需要加以修建。在平原或要隘的地方一般修筑得高大坚固，在高山险要处则修筑得较为低矮狭窄，在一些陡峻到无法修筑的地方只能采取"山险墙"和"劈山墙"的办法。长城城墙平均高约7～8米，底部厚约6～7米，墙顶宽约4～5米。在城墙顶内侧设宇墙，高约1米，以防巡逻士兵跌落，外侧一面设垛口墙，高两米左右。戚继光对长城的防御工事曾作过重大改进，主要是在城墙顶上设置敌台，用以巡逻士兵住宿和储存武器粮秣。

关城是长城防线上最为集中的防御据点。它的设置选址至关重要，必须选在有利于防守的地形之处，以收到用极少的兵力抵御强大的入侵者的效果。长城沿线的关城有大有小，数量众多。明长城的关城有近千处之多，举其要者有山海关、居庸关、平型关、雁门关、嘉峪关以及汉代的阳关、玉门关等。重要关城的附近还往往带有小关，如山海关附近有十多处小关城，共同组成了万里长城的科学性防御工程的"系统防线"。

　　烽火台是万里长城防御工程中最为重要的组成部分之一，它的作用是传递军情。传递的方法是白天燃烟，夜间举火；报告敌兵来犯的多少，则采用了以燃烟、举火数目的加减来区别。这种信息传播的方法科学而准确，还很迅速。明朝还在燃烟、举火数目的同时加放炮声，以增强报警的效果，使军情顷刻间传递千里。战时军事信息的重要性，决定了烽火台布局之重要，它不仅要布置在高山险处或是峰回路转的地方，而且必须三个台能相互望见，保证信息传播渠道的畅通。长城的烽火台，在汉代曾经称为过亭、亭隧、烽燧等，明代则称为烟墩。它除了传递军情之外，还为来往使节和巡城官员提供安全保护、食宿和供应马匹粮秣等服务，兼有驿站的功能。还有些地段的长城只设烽台、亭燧而不筑墙，这仍是长城的一种自然延伸形式。

　　当然，无论是长城修筑的防御性还是其选址的险要性，都

敦煌市西部的一号烽燧 ▲

是长城建筑科学性的表征。作为用以阻挡敌人入侵的高大、坚固而连绵不断的长垣，长城的建筑首先要从战略上符合完成国防方针和具体战役任务的要求，从而选定长城的大体走向。其次要从战术上根据敌情、地形条件，选定各防御要点，以及将这些要点连接起来的墙、壕的具体位置。充分而科学地利用山与海、山与河、山与山之间的有利地形地貌，通过人工筑城的方法把水陆天险有机地结合起来，构成一道进可攻、退可守的军事防线，这是长城建筑科学性的全部内涵。

长城建筑第四个独特之处是"就地取材、因材施用"的施工方法

长城的建筑与长城的军事防御体系布局是相适应的。历代长城的修筑大都是在前朝的基础上加以增补巩固，不断地叠加重修，使得长城的规模日益庞大，修筑更为精良，技艺也逐渐成熟起来。从中国历史上的春秋时期（公元前770～前476年）开始，到公元17世纪的明朝末年，直到清代对部分长城进行了修补，在长达两千七百多年的长城防御工程建筑史上，历朝历

50

代的建筑师和设计者们积累了丰富的经验，逐渐形成了长城的结构特征和美学特色。

敦煌玉门关附近的西汉长城的最高一段，建在当谷隧以东300米，现存墙体系用流沙、散石、红柳或芦苇筑成。因为这里没有黄土和石材，只产流沙和小石子，而附近的沼泽地中则生长有芦苇和红柳。修筑长城以流沙、石子和芦苇等物掺和，层层上铺，每层的厚度为20～30厘米不等，叠加起来的整个墙体高度可达3米多。而内蒙古锡尼乌苏山以西的一段汉长城，则全部都是用石块垒砌而成，这也是因为就地取材而产生。明代在筑城方法上更加灵活，在少石多土之地，多为版筑夯土墙，或者用土坯垒砌，例如辽东长城的部分和嘉峪关附近的长城墙体就是如此。在多石的山区一般利用山脊为墙基，外包砌条石、青砖，内填黄土或者碎石，这样可以节省建筑材料，省工省力。还有用石块垒砌的石垛墙，利用险峻山岭、随山就势人工劈凿的劈山墙，利用大山险阻作为障壁的山险墙等，如辽东山区和燕

◀ 甘肃山丹夯土长城

51

山山脉的居庸关、八达岭、金山岭、慕田峪等处的长城就是这样。明长城墙体高度亦依地形地势制宜，一般在山岭陡峭之处较低，平坦之地较高。

在长城防御工程建筑史上，由于所处时代的生产力、技术水平不同，也由于面临的军事形势有所不同，历代修建的长城在构造、建筑方法及形制方面都互有不同；而由于所处地段地理条件的差异，即便同一时代所修的长城面貌也有区别。从历史分代上看，就工程技术的大势而言，北魏以前各朝代所修的长城，以版筑夯土为主，北魏时期出现了砖石结构的长城，明代长城则广泛应用了石砌法、砖砌法和砖石混砌法。

长城建筑第五个独特之处是"有效管理"的修筑手段

"上下两千年，纵横十万里"的长城是建筑工程史上的奇迹。据中国长城学会的统计和研究，从春秋战国到明朝这漫长的数千年的历史长河中，共有二十多个诸侯国家和封建王朝对长城进行过不同程度的维护和增建，使得长城遍布黄河、长江流域的16个省、市、自治区，总长达5万多公里。这个数字是中国古建筑专家、长城专家罗哲文花了三十多年时间才统计出来的。其中秦代长城、汉代长城、金代长城和明代长城的长度均超过5000公里。秦长城"起临洮，至辽东，延袤万余里"；汉长城较之秦长城有新的发展，并筑了外长城，长度达到了1万

公里；金代修的界壕长城，长达7000公里；明代的长城，达6700多公里。除这四条超过万里的长城外，春秋战国时的楚、齐、赵、燕、魏、韩、中山等诸侯国都修有自己的长城。如果将其合称"战国长城"的话，那么战国长城的规模也在万里以上。秦始皇和汉代以后的西晋、北魏、西魏、东魏、北齐、隋、唐时的高丽、辽等也都根据自己的需要修建过不同长度的长城，合起来有15000多公里。

修筑如此浩大的长城，自然耗资巨大。就以最年轻、最壮丽和保存最好的明长城来估算，现存的明代长城全长7300公里以上，号称"万里长城"，它的修筑用砖石5000万立方米，土方1.5亿万立方米。这些材料如果用来铺筑宽10米、厚35厘米的道路，可以绕地球两周有余。另据历史文献记载：秦代修长城动用30万至50万军队，征用民夫50万人，最多时达到150万人；北齐为修长城一次征发民夫180万人；隋史中也有多次征发民夫数万、数十万乃至百万人修长城的记载。

这样大规模的工程，在完全凭借人工的时代，其修筑难度可想而知。更为重要的是，如此众多的民夫、军人，在绵延万里的区域内修筑长城，在缺乏现代通讯工具和管理科学的条件下，究竟是如何实现有效的沟通与管理的呢？

　　历代修筑长城的人力组织，主要是按照封建法律被征徭役的大量民夫；其次是依靠国家大量的戍边军人等。秦朝在蒙恬率领几十万军队击败匈奴之后，遂以部队为主力修筑长城。当然，秦始皇还从长城沿线强征了大量民工，后来秦朝政府又在长城沿线设置十二郡，承担维修长城和防守的重任。汉代在修建河西长城时，由武威、张掖、酒泉、敦煌四郡分段负责，然后各郡再依次把任务划给下属县、段，层层分段包干，最后落实到各防守据点的戍卒身上。

　　据《明史兵志》记载，明永乐年间（公元1403～1424年）已有班军制度，就是把修筑长城的军队划分为不同班次，"毕农而来，先农务遣归"，这样做是为了不耽误农业生产。一般是将北京附近，如山东、河南等地的军队分为春、秋两班。春班三月到工地修筑长城，八月回去；秋班九月接替春班接着修筑，到来年的二月回去。这种一年轮换修筑的制度叫"班军"。明太祖时，长城的镇守士兵只有土著兵和有罪谪戍的人，到有战事的时候，从其他地方调来戍卫的士兵，叫"客兵"。明代永乐年间，才有内地军队轮番到长城去戍边的事情，叫做"边班"。在蓟、辽、保定一带镇守边关的戍部有一部分属土著兵，另一部分则为客兵。隆庆二年（公元1568年），明朝抗倭名将戚继光被调至蓟州总理练兵事务，巡行到塞上的时候，建议修建敌台，得到朝廷应允，开始大规模修建长城。而建城之戍卒就分春、秋班进行春防和秋防。

在长城修建过程中，无论春班还是秋班，都有督理人员和具体施工分理人员。明代修建长城工程浩大，施工管理相当复杂，所采取的办法是长城修筑与长城防守任务结合在一起，采用分区、分片、分段包干的办法。先将某一段修建任务分给某营、某卫所，然后再下分到各段、各防守据点的戍卒身上去。这从考古发现的几十块长城包修碑文中可以看出来。修筑中，督理人员一般是职位较高的总督、巡抚、经略、总兵官等，而施工人员则以千总为组织者，分为左部、右部、中部，千总之下又有把总分理，以司为单位，分为一司、二司、三司。这些在长城包修碑的碑文中都有真实的记载。

长城建筑的六个重要组成部分及其功能

中国的万里长城主要由关城、城墙、城台、敌台、战台及烽火台六个部分构成，组成严密而科学的古代防御体系。

一是关城——这是长城主体建筑之一。关城，又称城关、关隘、关口，是古代在交通险要之处或边境出入的重地设置的守卫处所。如八达岭、居庸关、山海关、嘉峪关等瓮城式的险要城关，便是此类建筑，

▼ 嘉峪关

一般多派有重兵驻守。

　　二是城墙——这也是长城主体建筑之一。其中八达岭长城，是明代万里长城中最典型、最高大雄伟的一段。其城墙外皮均用大城砖或重达 2000 多斤的花岗岩条石砌成，内夯泥土碎石，特别坚固整齐。这种砖石砌筑法始于明代，从前则多用夯土筑城。其墙体平均高 7.8 米，墙基厚 6.4 米，墙顶宽 5.8 米，可容五马并骑，十人并进。于墙顶的外侧，筑有 1.7～2 米高的堞墙与垛口。突出部分称堞墙，堞墙下开一小洞，名射洞，用于射箭。凹下部分叫垛口，用于瞭望与打击。同时，在墙顶内侧还砌有宇墙，俗称"女儿墙"，起安全作用。宇墙一侧，每隔一定距离开辟券洞门一座，内铺石阶可登墙顶。墙面均用方砖彻成，石灰填缝，十分齐整，寸草难生。其两侧还设有流向内侧的排水

长城墙体 ▼

沟和吐水嘴等。从军事防御的角度出发，各种建筑均极为讲究，坚如铜墙铁壁，充分体现了中国古代劳动人民的伟大创造才能。

三是墙台——这是长城的防御设施之一。城台分墙台、敌台与战台三种。墙台上有遮风避雨的铺房，是卫兵巡逻及习武操练的地方。墙台，即指稍高出长城墙顶，四周砌有堞墙、垛口、射洞等的平台型建筑，如八达岭关城门顶上的平台，又有"马面"的俗称。

四是敌台——这也是长城的防御设施之一，亦称敌楼、碉堡，建筑于长城墙顶。一般为四方形或长方形，分上下两层。上层设有望口和射洞，并置有应急燃放烟火的信号设施；下层辟有券门、楼梯，可供士兵暂歇或存放武器之用，为长城沿线的重要军事设施之一。

五是战台——这也是长城的防御设施之一。修筑于长城沿线的交通要道或地势险要之处，为碉堡式建筑，有一、二、三层之分，规模大小不一，内可储兵器、弹药及其他战略物资，作用大于敌台。据明代刘效祖所著《四镇三关志》记载，在戚继光的规划和督办下，从山海关至北京的长城沿线，共筑敌台、战

▲ 敌楼

台1200座（原计划要建3000座）。当遇战争爆发之时，在敌台上可"从上临下，用火器、佛郎机、子母炮轮番打击"，"器用尽以火炮代之"。一个战台一般需30人守台、30人守垛，分六伍，备火药300斤。此外，在战台上还存有神箭、铁棍，以及数以千计的大小石块，同时还储备一个月的口粮和用水等。这种"制作久而弥精，心思熟而愈巧"的战台设施，既可出击，又可据守，并可与长城上的城台、敌台等军事设施密切配合，以组成密集的火力网，大大地增强作战威力，能有效地阻击敌骑进攻，在军事防御上起着十分重要的战略战术作用。

六是烽火台——这是长城重要的古代通信设施，为一座座独立据守的碉堡。建筑于长城沿线两侧的险要之处或视野开阔冈峦上的烽火台，属长城防御工事的重要组成部分。一般每相隔5～10里筑一台，每个台上设有5个烽火墩，为燃放烟火报警、传递军情的专用设施。如遇敌情，白天燃烟称"燧"，夜间点火叫"烽"。据说古时曾

烽火台 ▶

掺狼粪烧烟，其烟可直冲云天而不散，所以烽火台亦有"狼烟台"或"烟墩"之称。自明成化二年（公元1466年）起，燃放烟火还加硫黄、硝石助燃，同时还鸣炮为号，根据敌军的多少，对燃放号炮的数量也有明确规定。敌军百余人左右燃一烟，鸣一炮；五百人左右燃二烟鸣二炮；千人以上燃三烟鸣三炮；五千人以上燃四烟鸣四炮；一万人以上燃五烟鸣五炮。如遇敌情只要一台燃放烟火，便逐台相传点燃，设于远处的指挥机构，就可以迅速派兵遣将前往阻击敌人的两千七百多年前的周朝就已采用了。

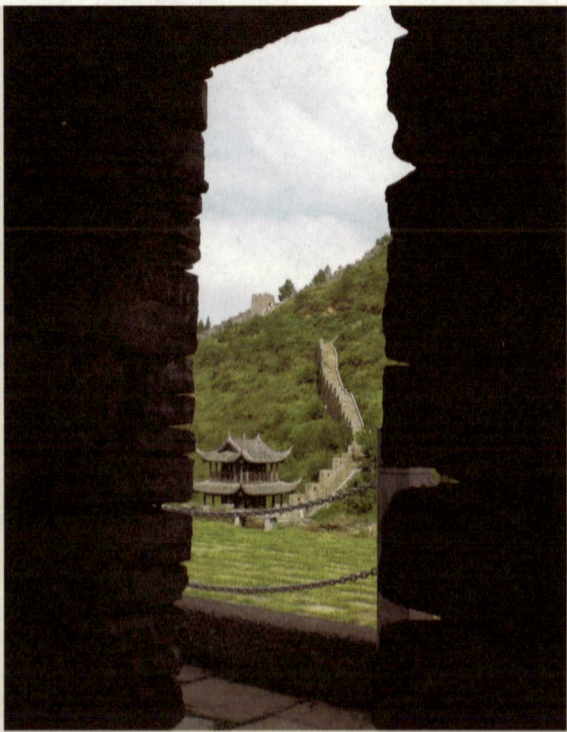

◀ 烽火台内观景

长城景观

丰富多彩的长城文化

长城的存在不仅具有民族历史与建筑美学上的意义，也不仅是中华民族的象征，两千多年来，长城已经与中华民族的自我想象密切联系在一起，激发出华夏儿女的无尽文化生机，为中华文明注入了新的元素，成为中华文化中的一个重要母题。直接反映长城文化的体裁丰富多样，内容纷纭多彩，举凡传说故事、诗词歌赋、小说散文、戏曲说唱、音乐舞蹈、电影电视、书画艺术、摄影作品、工艺雕塑，甚至建筑、产品、广告等等，都有长城的踪影。如果把从古到今直接反映长城题材的文化艺术作品统统罗列出来，恐怕用十万字的篇幅也未必能完全说清楚。下面就长城文化中最具代表性的方面作一简要介绍。

万里长城是世界文明交往的纽带

长城对于世界了解中国、中国走向世界都有不可替代的作用。许多外国人知道中国是从知道长城开始的，长城是世界上其他国家人民了解中国历史、中国文化、中华民族的一个很好的切入点。万里长城这一凝聚着中华民族几千年的智慧与力量的宏伟建筑，是人类文化史上的宝贵遗产。

长城所具备的历史文化价值和人文价值已被世界所公认，

使节穿越中国大墙(18世纪) ▲

长城既是中国的，也是世界的。

在世界四大古文明中，其他三个都已经断裂，只有以黄河文明为代表的中华文明一直完整地延续下来，长城在其中发挥了非常重要的作用。

长城是具有最高人文价值的文物，因为世界古代的七大奇迹或九大奇迹绝大部分是为帝王个人服务的，只有长城是造福于长城内外人民的，如果只把它仅仅理解为军事工程是远远不够的。可以说长城是多半个亚洲地域的一个公共服务性建筑。长城在世界文明史上的地位现在还没有完全被世人足够地重视，我们还需要挖掘出长城文化的深刻的内涵。

战争是人类交往中一个极端的形式，往往表现为灾难。而和平是人类对美好生活的终极追求。恰恰在长城上，这彼此悖离的两个主题交汇在一起。战争背后，人们有着不同的主观意念，但中华民族对战争的认识有很独特的一点，它自古以来就追求以战止战。战争的目的是和平，而不是扩张和称霸。中华民族军事文化的核心理念集中体现在了长城上。

长城在军事上的作用，更像是一条警戒线，一条战略震慑的防线。有这么一个强大的军事防御体系作为依托，它对侵略者有一种强大的震慑作用，目的还是消弭战争。

从和平这个角度讲，长城对中华民族的文明，对中华民族的经济发展有着非常重要的积极作用。长城不仅是汉族创造的，虽然修筑长城的是中原王朝，修筑者主要是汉族人，但不能因此理解为仅仅是汉族创造的奇迹，长城是长城内外各族人民共同创造的产物。

围绕长城的战争是暂时的，虽然战争很多，但绝对时间上是少数，绝大多数情况下，长城主要发挥的并不是军事作用，而是对塞内外民族交往进行有序管理的职能。长城沿线的重要关

◀ 明代华北地图

63

隘，在大多数情况下实际上起着今天的口岸的作用。有战争的时候长城是军事要塞，大多数情况下是通商口岸，比如各个王朝设的互市、茶马贸易都是通过长城口岸来做的，它有一套很严密的制度，依托长城有序地进行。

长城不是一个隔绝带，而恰恰是民族交往的一条大纽带。

孟姜女送寒衣的传说

几乎是家喻户晓的孟姜女送寒衣的传说是中国最具特色的四大民间故事之一，千百年来一直以口头、文字、戏剧等多种形式在中国民间广为流传。故事的梗概是这样——

相传在秦朝的时候，有一户姓孟的人家种了一棵瓜，瓜秧顺着墙爬到姜家结了瓜。瓜熟了，一瓜跨两院怎么分啊！打开一看，里面有个又白又胖的小姑娘，于是就给她起了个名字叫孟姜女。孟姜女长大成人，方圆十里八乡的老乡亲谁都知道她是个人品好、聪明伶俐，又能弹琴、作诗的好闺女，孟家老两口更是把她当成掌上明珠。

这时候，秦始皇开始到处抓丁修长城。有一个叫范喜良的书生吓得从家里跑了出来。他跑得口干舌燥，忽听见一阵人喊马叫和咚咚的乱跑声。原来这里也正在抓人哩！他来不及跑了，就跳过了旁边一堵垣墙，来到孟家的后花园。孟姜女恰巧出来逛花园，冷不丁地看见丝瓜架下藏着一个人。她刚要喊，范喜良就赶忙钻了出来，上前打躬施礼哀告说："小姐，别喊，我是逃难的，快救我一命吧！”

孟姜女一看，是个白面书生，长得挺俊秀，就报告员外去了。老员外盘问范喜良的家乡住处，姓甚名谁，何以跳墙入院。范喜良一五一十地作了回答。员外见他挺老实，就答应把他藏在家中。范喜良在孟家藏了些日子，老两口见他一表人才，就商量着招他为婿。给范喜良一提，范公子也乐意，这门亲事就这样定了。

老两口择了个吉日良辰，请来了亲戚朋友，孟姜女和范喜良就拜堂成亲了。成亲还不到三天，突然闯来了一伙衙役，不容分说，就生拉硬扯地把范公子给抓走了！这一去凶多吉少。孟姜女放心不下，就一连几夜为丈夫赶做寒衣，并亲自去长城给丈夫送寒衣。

孟姜女一直奔正北走，越过一道道的山，涉过一道道的水。饿了，啃口凉饽饽；渴了，喝口凉水。孟姜女刮着风也走，下着雨也走，终于到了修长城的地方。她向修长城的民工打听：“您知道范喜良在哪里吗？”打听一个，人家说不知道；再打听一个，人家摇摇头。她不知打听了多少

◀ 孟姜女万里寻夫的传说

人，才打听到和范喜良一块修长城的民工。

可是大伙儿你瞅瞅我，我瞅瞅你，含着泪花谁也不吭声。

孟姜女急忙瞪大眼睛追问："俺丈夫范喜良呢？"大伙儿见瞒不过，吞吞吐吐地说："范喜良上个月就累……累死了！"

"尸首呢？"

大伙儿说："死的人太多，埋不过来，监工的都叫填到长城里头了！"

大伙儿话音未落，孟姜女就失声痛哭起来，直哭得成千上万的民工个个低头掉泪；直哭得日月无光，天昏地暗；直哭得秋风悲号，海水扬波。忽然"哗啦啦"一声巨响，长城像天崩地裂似的一下倒塌了一大段，露出了一堆堆人骨头。那么多的尸骨，哪一具是自己的丈夫呢？她记起了小时候听母亲讲过：亲人的骨头能渗进亲人的鲜血。她咬破中指，滴血认亲。终于，孟姜女认出了丈夫的尸骨，她哭得死去活来。

正哭着，秦始皇带着大队人马巡察边墙，从这里路过。秦始皇听说孟姜女哭倒了城墙，立刻火冒三丈，暴跳如雷。他要亲自处置孟姜女。可一见孟姜女年轻漂亮，就想要霸占她。孟姜女一见秦始皇，强忍着愤怒听秦始皇胡言乱语。秦始皇见她不吭声，以为她是愿意了，就更加眉飞色舞："只要依从了我，你要什么我给你什么，金山银山都行！"

孟姜女说："金山银山我不要，要我依从，只要你答应三件事！"

秦始皇说："莫说三件，就是三十件也依你。你说这头一件！"

孟姜女说："头一件，得给我丈夫立碑、修坟，用檀木棺椁装殓。"

秦始皇一听便高兴地说："好说，好说，依你这一件。快说第二件！"

"这第二件，要你给我丈夫披麻戴孝，跟在灵车后面，率领着文武百官哭着送葬。"

秦始皇一听，这怎么能行！堂堂皇帝，岂能给小民送葬呀？"这件不行，你说第三件吧！"

孟姜女说："第二件不行，就没有第三件！"

秦始皇一看这架势，不答应吧，眼看着到嘴的肥肉吃不着；

◀ 孟姜女万里寻夫的传说

答应吧，岂不让天下的人耻笑？他又一想：管他耻笑不耻笑，再说谁敢耻笑我，就宰了他。想到这儿，他说："好！我答应你第二件。快说第三件吧！"

孟姜女说："第三件，我要逛三天大海。"

秦始皇说："这个容易！好，这三件都依你！"

秦始皇立刻派人给范喜良立碑、修坟，采购棺椁，准备孝服和招魄的白幡。出殡那天，灵车在前，秦始皇紧跟在后，披着麻，戴着孝。等到发丧完了，孟姜女跟秦始皇说："咱们游海去吧，游完好成亲。"秦始皇可真乐坏了，忽听"扑通"一声，孟姜女纵身跳海了！

　　以上就是中国最具特色的四大民间故事之一的孟姜女传说，千百年来它一直以口头传承的方式在民间广为流传。20世纪初，中国著名的历史学家顾颉刚将孟姜女传说的原初形态进行了系统的研究，写出了《孟姜女故事的转变》、《孟姜女故事研究》等一系列文章，将故事原型上溯到《左传·襄公二三年》（公元前550年）。那时候齐庄公发兵攻打莒国，齐军先锋杞梁在与莒国交战时战死。齐庄公班师回国，在莒城郊外遇到杞梁的妻子，向她吊唁。杞梁妻得知丈夫已经战死，悲痛交加，拒绝接受在郊外吊唁。齐庄公便到杞梁家设祭吊唁。战国时期的《礼记·檀弓》一文引曾子的话对这段史实增加了"其妻迎灵柩于路而哭之哀"；《孟子·告子下》记载淳于髡的话："杞梁之妻善哭其夫而变国俗。"从而把"哭夫"的史事变成了"国俗"。西汉刘向在《烈女传》

孟姜女万里寻夫的传说 ▶

中说："杞梁之妻无子，内外无五属之亲，即无所归，乃枕其夫之尸于城下而哭之，内诚感人，道路过者莫不为之挥涕，十日而城为之崩。"至此，故事又由"悲歌"演变成了"崩城"。西晋时，崔豹《古今注》中有："杞植妻抗声长哭，杞都城感之而颓，遂投水而死"，是说杞梁妻高声哭倒了杞国都城。唐朝诗僧贯休作诗《杞梁妻》：

秦之无道兮四海枯，筑长城兮遮北胡。

筑人筑土一万里，杞梁贞妇啼呜呜。

上无父兮中无夫，下无子兮孤复孤。

一号城崩塞色苦，再号杞梁骨出土。

疲魂饥魄相逐归，陌上少年莫相非。

贯休的诗首次把杞梁变成秦朝人，并被筑在城墙里，其妻哭崩了秦长城。从此，杞梁妻就演变为民间的孟姜女，并与秦长城结下了不解之缘。元代，中国的民间剧种十分发达，孟姜女的故事也成为多种戏剧的创作素材。杞梁被改名为范希郎、范四郎、范士郎、范喜郎、范杞良、范纪良、万喜良等等，故事的情节被铺陈得一波三折，日渐丰满。明清以来，孟姜女的故事在民间仍继续发展演变。孟姜女被说成是葫芦所生。不同的地方根据当地的民俗对故事进行改造，孟姜女的传说呈现出强烈的地域色彩。

在英国坎农格特出版公司发起的"重述神话"全球出版项目中，孟姜女的传说也被列入其中，与"嫦娥奔月"、"白蛇与许仙"一起被中国当代作家重新写作，在世界范围内出版传播，让世界读者一起分享长城传说带来的阅读乐趣。在"重述神话"的项目中，孟姜女的传说故事由被人称为中国"先锋派"主将、创作《妻妾成群》（被著名电影导演张艺谋改编成电影《大红灯笼高高挂》）而获奥斯卡金像奖提名的著名作家苏童改写为小说《碧奴》。苏童在小说中为孟姜女重新起了"碧奴"的名字，并为她设计了练就九种哭法、送寒衣前为自己举行葬礼、装女巫吓走顽童、被当做刺客示众街头、率众青蛙共赴长城等等离奇的经历，用作家的想象力，丰富了民间传说的瑰丽与奔放。在苏童的笔下，孟姜女成为了一个用哭泣反抗的乐观女子，从而表现了人们对生存与苦难的重新认识。

孟姜女不但活在文学中，在现实生活中也有着美丽的风光。在河北省秦皇岛市，以孟姜女庙为核心的文化旅游风景区就是孟姜女传说的传播基地。孟姜女庙，也称"贞女祠"，在山海关城东望夫石村北小丘陵上。这座宋代以前就修建了的祠堂，先后经过了明代万历年间、崇祯年间和民国年间张作霖等人的三次重修，1956年被列为河北省重点文物保护单位。孟姜女庙灰砖青瓦，庙前有108级台阶直通山门，四周随山就势而筑有红色围墙，包括山门、钟楼、前殿、后殿、振衣亭等古建筑。

走进孟姜女庙山门，可见右侧钟楼，内悬古钟，钟体铸有铭文。三楹四窗的前殿中供奉着孟姜女像，旁塑二童，背包罗伞。龛上横匾书"万古流芳"，两旁楹联上款"秦皇安在哉万里长城筑怨"，下款"姜女未亡也千秋片石铭贞"。孟姜女像后是美丽的"姜坟雁阵"彩绘壁画，东壁有石刻"天下第一关"，与山海关城匾额规格一致。西壁石刻有清代皇帝乾隆、嘉庆、道光御笔题诗和民国年间军阀政客的题诗。最为人称道的是殿前廊柱的对联，"海水朝朝朝朝朝朝落""浮云长长长长长长长消"，表面上看虽是文字游戏，却包含着人生哲理，让后人产生

◀ 孟姜女庙又叫贞女祠

71

无限遐想。后殿则供奉着观音、文殊、普贤三位佛教菩萨塑像。值得一提的是，此处观音造像与众不同，她盘膝而坐于莲花托下的巨兽是独有的"望夫吼"。殿后还有传说为孟姜女登石望夫之处的"望夫石"。"望夫石"阴刻为清代山海关通判白辉所题。石上有坑似足迹，传说为孟姜女登临遥望留下的。"望夫石"后有小石台和六角亭，名"梳妆台"和"振衣亭"，传说为孟姜女望夫前梳妆整衣的地方。1987年在庙外东、西建了硬山顶展览室，展出有关孟姜女研究方面的资料和孟姜女寻夫故事泥塑像群。在"海眼"和西山坡，塑有"姜女铭贞"、"姜女送衣"等汉台玉石肖像，塑像庄严肃穆，栩栩如生。

长城形象在不同时代的烙印

万里长城从春秋战国时期开始，伴随着中国长达两千多年的封建社会行进。众所周知，一部悠久的古代中国文明史，封建社会是最丰富最辉煌的篇章，举凡封建社会重大的政治、经济、文化方面的历史事件，在长城身上都打下了烙印。金戈铁马、逐鹿疆场、改朝换代、民族争和等在长城身上都有所反映。长城作为一座历史的实物丰碑，所蕴藏的中华民族两千多年光辉灿烂的文化艺术的内涵十分丰富，除了城墙、关城、镇城、烽火台等本身的建筑布局、造型、雕饰、绘画等建筑艺术之外，还有诗词歌赋、民间文学、戏曲说唱等。古往今来不知有多少帝王将相、戍边士卒、骚人墨客、诗词名家为长城留下了不朽的

篇章。边塞诗词已成为古典文学中的重要流派，如李白的"长风几万里，吹度玉门关"，王昌龄的"秦时明月汉时关，万里长征人未还"，王维的"劝君更进一杯酒，西出阳关无故人"，岑参的"忽如一夜春风来，千树万树梨花开"等名句，千载传诵不绝。古塞雄关存旧迹，九州形胜壮山河，巍巍万里长城将与神州大地长存，将与世界文明永在。

北国风光，千里冰封，万里雪飘。

望长城内外，惟余莽莽；大河上下，顿失滔滔。

山舞银蛇，原驰蜡象，欲与天公试比高。

须晴日，看红妆素裹，分外妖娆。

江山如此多娇，引无数英雄尽折腰……

这是伟人毛泽东的词《沁园春·雪》。在毛泽东笔下，长城的形象与中国的壮丽结合得如此完美。在雪中的原野上，翻腾着巨龙般的长城，给诗人毛泽东无尽的联想和感叹。词作与其大气磅礴的书法一起向世人呈现了奔放豪迈的长城形象，从而让世界认识了中国人民的伟大，更显示了一个民族将屹立东方的气魄和决心。

　　毛泽东作于1935年的《清平乐·六盘山》也表达了对长城的赞叹。著名的"不到长城非好汉"就出自于此。《清平乐·六盘山》原型是《长城谣》，1948年发表时，改为此题。"不到长城非好汉"中的"长城"二字，在以往出版的毛泽东诗词鉴赏、研究、注解等书籍中均解释为"借指长征的目的地"。其实，这句诗中的"长城"二字既有特指，又有潜在的泛指。长城是抵御匈奴南侵，维护祖国统一的象征，"长城"也是维护祖国统一的中流砥柱和好汉，他们是屹然屹立在中华大地上的万里长城。"不到长城非好汉"中的"长城"正是中华民族凝聚为钢铁长城的准确表述。

　　长城在毛泽东的笔下显示出前所未有的壮美与厚重，象征着祖国如此多娇的江山和华夏民族的坚强与毅力。

　　在毛泽东之前，无数文人墨客对长城都留下了赞美的诗篇。虽然这些作品对长城的评价不尽相同，但却都是历代语境打在长

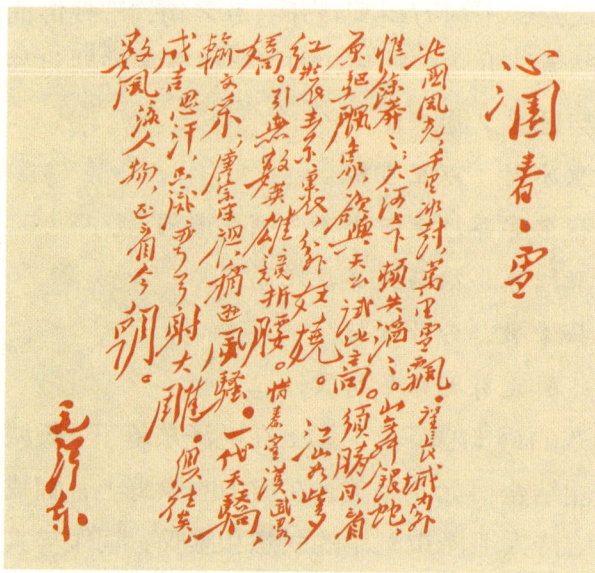

毛泽东手书《沁园春·雪》▶

城身上的烙印。中国历史上对长城有着三次大规模的修建，每次的目的与效果都是不同的。秦始皇对长城有拆有建，拆除的是六国之间的"互防长城"，修建的是北部"拒胡长城"；汉代修筑长城不只是为了军事防御，更重要的是对外交流，汉代长城担负着保卫丝绸之路的使命，加强了中原同西域的联系；明代因无力消灭北元政权，修筑长城向南方大规模退守，保证了中原人民安居乐业。

　　从春秋至清末，代代都修筑长城，关于长城的评价也始终以正面居多。鲁迅就专门写过一篇短文《长城》："伟大的长城！这工程，虽在地图上也还有它的小像，凡是世界上稍有知识的人们，大概都知道的罢。其实，从来不过徒然役死许多工人而已，胡人何尝挡得住。现在不过是一种古迹了，但一时也不会灭尽，或者还要保存它。我总觉得周围有长城围绕。这长城的构成材料，是旧有的古砖和补添的新砖。两种东西联为一气造成了城壁，将人们包围。何时才不给长城添新砖呢？这伟大而可诅咒的长城！"鲁迅在肯定长城"伟大"的同时，又说长城是"可诅咒的"。鲁迅是用长城比喻封建文化和制度，说明彻底根除封建文化和制度，是一件艰巨又艰难的事情。

孙中山对长城的评价同样也深深影响着中国人。作为伟大的革命先行者，他赋予了长城积极的意义。早在1918年，具有世界性眼光的孙中山就在《孙文学说》中对长城提出了新的评价："为一劳永逸之计，其善于设长城而御之。始皇虽无道，而长城之有功于后世，实与大禹之治水等。由今观之，倘无长城之捍卫，则中国之亡于北狄，不待宋明而在楚汉时代矣。"

孙中山认为，中华民族"其初能保存孳大此同化之力，不为北狄之侵凌夭折者，长城之功为不少也"。不仅如此，长城连续修筑时间之长、工程量之大，更是世界其他古代工程所难以

榆林长城 ▶

76

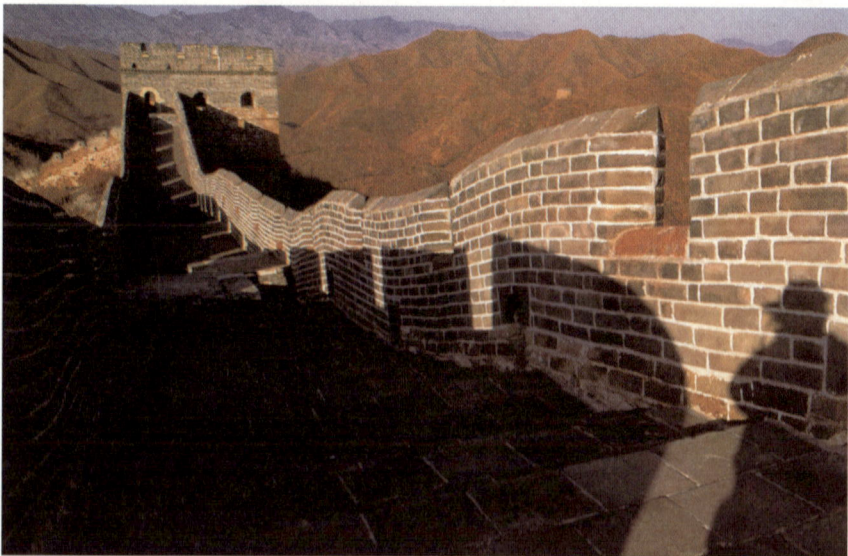

▲ 长城景观

比拟的。为此，孙中山先生在《建国方略》中评论说："中国最有名之陆地工程者，万里长城也。工程之大，古无其匹，为世界独一之奇观。"

清康熙年间任山海关通判的陈天植在《重修澄海楼记》一文中最早提出了长城景观的旅游价值。他说，万里长城入海处老龙头上的澄海楼，"若斯楼也，面临巨壑，背负大山，高枕长城之上，波澄万里，嶂垒千重，又岂区区彭蠡洞庭、会稽山阴诸胜足娩其雄深哉。"

长城所蕴藏的中华民族文化艺术的内涵十分丰富，除了对其历史作用和意义的评价之外，古往今来无数诗词名家为长城留下了不朽的篇章。边塞诗词已成了古典文学中的重要流派，千载传诵不绝。以下按时代列举若干，以飨读者。

两汉

《饮马长城窟行》·无名氏

青青河畔草，绵绵思远道。

远道不可思，宿昔梦见之。

梦见在我傍，忽觉在他乡。

他乡各异县，辗转不相见。

枯桑知天风，海水知天寒。

入门各自媚，谁肯相为言。

客从远方来，遗我双鲤鱼。

呼儿烹鲤鱼，中有尺素书。

长跪读素书，书中竟何如？

上言加餐食，下言长相忆。

魏晋

《饮马长城窟行》·陈琳

饮马长城窟，水寒伤马骨。

往谓长城吏，慎莫稽留太原卒！

官作自有程，举筑谐汝声！

男儿宁当格斗死，何能怫郁筑长城？

长城何连连，连连三千里。

边城多健少，内舍多寡妇。

作书与内舍，便嫁莫留住。

善待新姑嫜，时时念我故夫子！

报书往边地，君今出语一何鄙？

身在祸难中，何为稽留他家子？

生男慎莫举，生女哺用脯。

君独不见长城下，死人骸骨相撑拄。

结发行事君，慊慊心意关。

明知边地苦，贱妾何能久自全？

唐

《敦煌曲子词集·捣练子》

孟姜女，杞梁妻，一去燕山更不归。

造得寒衣无人送，不免自家送征衣。

长城路，实难行，乳酪山下雪雰雰。

吃酒则为隔饭病，愿身强健早还归。

《长城》·于渍

> 秦皇岂无德，蒙氏非不武。
> 岂将版筑功，万里遮胡虏。
> 困沙世所难，作垒明知苦。
> 死者倍堪伤，僵尸犹抱杵。
> 十年居上郡，四海谁为主？
> 纵使骨为尘，冤名不入土。
> 晚到八达岭，下达旦乃上。

元

《九日迎銮北口和寅甫学士韵》·王恽

> 翠华南下拂云霓，驻跸军都汉苑西。
> 龙虎台高惊峻绝，蓬瀛人老许扶携。
> 九天日月瞻光近，万国烽烟入望低。
> 佳节迎銮得清赏，牛山初不羡东齐。

明

《八达岭》·徐渭

> 八达高坡百尺强，迤连大漠去荒荒。
> 舆幢尽日山油碧，戍堡终年雾噀黄。

清

《居庸关》·顾炎武

> 居庸突兀倚青天，一涧泉流鸟道悬。
> 终古戍兵烦下口，先朝陵寝托雄边。

车穿褊峡鸣禽里，烽点重岗落雁前。

燕代经过多感慨，不关游子思风烟。

极目危峦望入荒，浮云夕日遍山黄。

全收朔地当年大，不断秦城自古长。

北守千官随土木，西来群盗失金汤。

空山向晚城先闭，寥落居人畏虎狼。

《咏遵化长城》·李希杰

山雪微茫晓乍晴，凌寒匹马出长城。

近畿莫复称边塞，古郡从谁问北平。

气固沉雄推老将，论因成败陋书生。

钜工体让秦砖美，知否燕山早得名。

◀ 20世纪30年代的八达岭长城

《西出居庸关》·陈璋

> 万里女墙连雁塞，
> 百年兵甲流桑乾。
> 太平气象无中外，
> 镇朔台高立马看。

当代：

《登临八达岭》·罗哲文

> 千峰叠翠拥居庸，
> 山北山南处处峰。
> 锁钥北门天设险，
> 半哉峻岭走长龙。

长城在国歌声中震撼世界

"起来！不愿做奴隶的人们！把我们的血肉，筑成我们新的长城……"

这首被称为中华民族解放号角的《义勇军进行曲》诞生于1935年，由著名剧作家田汉作词，中国新音乐运动的创始人聂耳作曲，原为电影《风云儿女》的主题歌。田汉在写完这部电影故事以后，便遭到反动派逮捕，主题歌词是写在一张香烟的锡箔衬纸上的。聂耳拿走了歌词，在去日本前完成歌谱初稿；到日本后不久，他把歌谱全部完成并寄回祖国。歌曲随电影的放

映，流传于全国每个角落，在抗敌的烽火中，响彻中华大地。

新中国建立前夕，人民政协开会商讨国歌。著名画家徐悲鸿和著名建筑学家梁思成委员力荐以《义勇军进行曲》作为国歌。毛泽东、周恩来当即表示支持他们的意见。但有人认为新中国就要成立了，而此歌的歌词中"中华民族到了最危险的时候"已经过时了，主张改词。周恩来发言，提醒大家要居安思危，安不忘危。留下这句话，让我们耳边警钟长鸣。1949 年 9 月 27 日，全国政协第一届全体会议通过决议，在中华人民共和国国歌未正式定下前，以《义勇军进行曲》为国歌。

"文革"中，由于田汉被打倒，歌词不让唱了，《国歌》只能由乐队演奏。1978 年 3 月 5 日，第五届全国人民代表大会第一次会议通过了《义勇军进行曲》新词。改定国歌歌词后，各方面对此一直有不同意见，要求恢复国歌原来的歌词。直到1982 年 12 月 4 日，第五届全国人民代表大会第五次会议撤销了1978 年 3 月 5 日第五届全国人民代表大会第一次会议通过的新

宁夏明代古长城 ▲

词，恢复田汉作词、聂耳作曲的《义勇军进行曲》为中华人民共和国国歌。2004年3月14日，第十届全国人民代表大会第二次会议通过宪法修正案，规定"中华人民共和国国歌是《义勇军进行曲》"。

在中华人民共和国的国歌中可以看到，长城成为中国的象征乃是鲜血与烈火交融、耻辱与自尊并存的时代熔铸的结果，它对于作为民族国家的现代中国有着强烈的凝聚作用。在国歌的高昂旋律中，新中国的长城面貌焕然一新。

同样，"万里长城万里长，长城内外是故乡"、"四万万同胞心一样，新的长城万里长"，这首由潘子农作词、刘雪庵作曲的《长城谣》也在抗战中唱遍大江南北。在中国人民的心目中，长城已成为中华民族抵御外敌、不屈不挠的精神和意志的象征。

抗战时期，长城虽未能阻挡敌寇的铁蹄，但中国军民凭依长城修建之处的地势天险，英勇抗敌，谱写了一部荡气回肠、悲壮豪迈的长城抗战的英雄史诗。在山海关，爱国将领何柱国所辖第一营、第三营将士，血战三天三夜，全部为国捐躯，气壮山河，可歌可泣。在喜峰口，二十九军五百壮士组成的大刀队，夜袭敌营，虽仅生还二十余人，但毙敌千百，沉重地打击了敌军的嚣张气焰。在平型关，八路军一一五师出奇制胜，战绩辉煌。长城见证和记录着中华民族苦难曲折、自强不息、独立振兴、改革开放、走向世界的现实和心灵的双重历程。

中华人民共和国建立后，长城的积极意义进一步扩大。纪念长城的各种邮票频频发行，颂扬长城的文艺作品层出不穷。"文革"期间，不少地区的长城被拆被毁，甚至国歌也随着词作者田汉的被打倒而遭禁唱。但毛泽东同志发出"还我长城"的号召，再次稳定了军心，稳固了长城在大众意识中的正面形象。

改革开放的中国日渐强大，长城这一中国的象征亦随之走向世界。无数外国元首不远万里来到中国，争当好汉，攀登长城。美国前总统尼克松在参观了长城后说："只有一个伟大的民族，才能造得出这样一座伟大的长城。"1987年，长城被联合国教科文组织列为世界文化遗产；1990年，首次在中国举办的第十一届亚运会会徽采用了长城图案；2000年，德国汉诺威世界博览会的中国馆外墙装饰着巨幅长城布景；2002年，第十四届亚运会圣火点燃在北京慕田峪长城烽火台；2004年，奥运会会旗登上八达岭长城；2008年，奥运会就在长城的脚下举行。

长城作为人类珍贵的文化遗产，享誉世界；长城作为中国的象征，中外认同。

◀ 八达岭长城行军（1937年）

85

■ 盘山巨龙

长城游览：参观游览中国长城的十大最佳景区

随着时间的推移和世界的发展，早已失去军事防御功能的中国万里长城，以其独特雄伟的建筑，深厚丰富的文化内涵，作为世界所瞩目的最大的人文景观——世界第一大奇迹，及其长城景观的社会历史文化价值、科学价值、环境生态价值、美学价值和欣赏美好的自然风光的旅游价值，已成为国际国内旅游大潮中，千千万万中外游客心中最为向往的必游胜地。如今，每年都有超过千百万的中外游客拥向长城，游览长城。而在广袤的中华大地上，具有独特魅力的雄伟壮丽的长城遗址，正等待着更多全球游客的光临。

对人类宝贵遗产长城的保护与开发

万里长城是中国乃至世界最大的古代建筑之一，是在历史长河中突破了时间和空间的局限而遗留下来的人类宝贵遗产，反映了中国社会历史发展的轨迹，有很高的价值和丰富的内涵。保护、开发和管理好长城，就是保护、珍惜、热爱我们祖先用劳动和智慧创造的成果，也是时代赋于我们的义不容辞的责任。

回顾对长城的保护、开发和管理，大体可分为如下三个时期：

一是长城遭受严重的破坏时期——清朝末期以后，随着冷兵器时代的结束，长城的军事防御作用逐渐减弱，对长城的大规模保护和维修工作亦随之停止，长城进入了遭受破坏的时期。近百年来由于人为的破坏和自然的侵蚀，致使20世纪初大致上仍然保留着原形的长城，不少地段已经倾颓倒塌，关隘敌楼砖蚀墙塌，残破不堪，甚至有的已荡然无存，仅成为一堆废墟。

　　二是长城开始实施初步的保护时期——在20世纪50年代的新中国成立初期，新政府在财政极其困难的情况下，仍拨巨款多次对长城和许多关隘及相关的名胜古迹进行了维修，并将八达岭、居庸关、山海关、嘉峪关和附近长城列为第一批全国重点文物保护单位，同时设立了文物保护机构和专职人员进行保护与管理。

　　三是长城进入了一个崭新的保护时期——到了20世纪80年代，在中国进入了改革开放的新时期以后，由于"爱我中华，修我长城"社会赞助活动的深入开展，全社会爱护长城的意识有了提高，长城保护工作进入了一个新的历史阶段。

　　关于"爱我中华，修我长城"社会赞助活动的起因是这样的：1984年，在国家文物保护经费有限的情况下，北京日报社发起，由《北京晚报》、《北京日报》、《北京日报郊区版》共同倡议，邀请《经济日报》、《工人日报》参加，与八达岭特区办事处联合主办的"爱我中华，修我长城"社会赞助活动在全国拉开序幕。活动希望参照国外通行的做法，通过向社会募集资金和捐助，帮助国家保护长城。

　　7月6日，"爱我中华，修我长城"社会赞助活动倡议书在五家报纸上发表，立即受到中央领导及有关部门的热情支持和积极响应。9月1日，时任中央顾问委员会主任、中央军委主席的邓小平同志为活动题词："爱我中华，修我长城"，把这项活动推向了高潮。

在长城博物馆中，至今仍保存着这样一封普通的信："我是因公负伤，导致截瘫。二十年来，我的躯体虽然躺在床上，可我的脉搏却时刻和着祖国前进的步伐在跳动，当我看到邓小平同志'爱我中华，修我长城'的题词后，心情万分激动，我愿拿出一个月的工资，献给'修我长城'的事业，让万里长城永远成为中华民族的骄傲。——左小峰"

邓小平同志为"爱我中华，修我长城"活动题词，让无数像左小峰这样的中国人深受感动。"爱我中华，修我长城"，这简短的八个字的题词充溢着对长城的热爱、崇敬，激起了中华儿女保护长城的热潮，反映了民心民意，顺应了时代潮流。题词之深意，在于倡导修建一座当代中华文明的精神长城，号召所有热爱中华之士，同心协力，尽其所能，共筑新的长城。一时间赞助者如云，成为新中国成立以来一次影响最大、规模最大、成效最大的社会集资活动。世界范围内共有一百多家报纸、通讯社、电台对此作了报道，旅居海外的华侨、华裔和三十多个国家、地区的国际友人参加了赞助活动。杨振宁、李政道等一批华裔科学家倾囊赞助，希腊船王拉第希斯先生捐款百万美元，在国际上引起了巨大反响。十年之

▼ 慕田峪长城

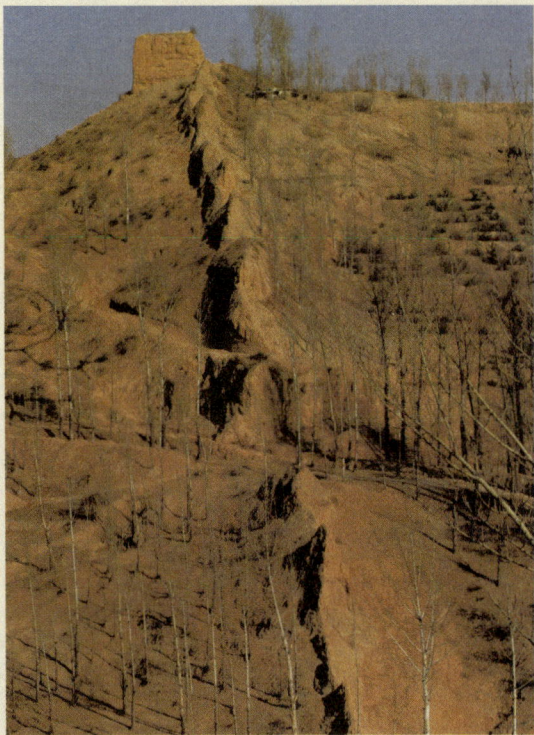

神木县的墩台和残墙 ▶

后的统计显示，参与活动的个人捐款者达到50多万人，单位捐款近10万个，国内外各界人士的捐款捐物折合人民币2800万元。用捐款修复了八达岭长城北八至北十城台，怀柔慕田峪长城三座楼，密云司马台长城，门头沟沿河城长城等，总计修复长城墙约7公里，修复城楼90多座。

时至今日，国家每年都有大量资金投入长城的保护与修复工作之中。保存修补完好的长城在我国各长城主要行经省份都有存在，其中，北京平谷、密云、怀柔、昌平、门头沟等地辖区内有464公里长城保存完好。

陕西榆林保存有战国、秦、隋、明几个历史时期的长城遗迹，有819座守护壕墙、780座小墩、15座边墩、36座营堡，现仅存遗址88处，以战国及明长城遗迹居多。

甘肃境内存有战国时期长城600公里左右，现存完整墙基、城基约300公里，另存有1000公里汉代长城以及1400公里明代长城，烽燧1334座。

宁夏境内长城总长约1507公里，其中可见墙体有506公里。

城障、关隘、烽燧、墩台、壕堑、营池、寨堡等与长城有关的建筑星罗棋布。保存至今的营堡有282座、城台706座、墩台1065座。

此外，分布在云南、湖南以及湖北等地的南方长城也均已修复完毕。

长城佳景中的十大最佳景区

登上万里长城，放眼脚下的巨龙依山就势、蜿蜒起伏、气势磅礴、雄伟壮观，令人叹为观止。四时佳景，各不相同。春化铺锦，夏绿叠云，秋气澄清，冬莽雪岭。望关山，时空无限古今情；看长城，两千历史不尽言。欲要看尽数千古，不登长城好汉无。中华神州长城分布甚为广泛，几乎中国一半的省份都有可以游览的长城遗迹。下面例举万里长城佳景中的十大最佳景区略加描述，以飨读者。

一是北京的八达岭长城——八达岭长城史称"天下九塞"之一，是万里长城的精华，是明长城中保存最好的一段，独具代表性，也是万里长城向国内外游人开发得最早的地段。八达岭长城在北京延庆县，建于明弘治

▼ 八达岭长城

91

八达岭长城旧照 ▲

十八年（公元1505年），海拔高达1015米，地势险要，城关坚固。登上八达岭长城，极目远望，山峦起伏，雄沉刚劲的北方山势尽收眼底。明代《长安夜话》说："路从此分，四通八达，故名八达岭，是关山最高者。"

八达岭长城墙高7.8米，顶宽5.8米。关城有东、西二门，东门额题"居庸外镇"；西门额题"北门锁钥"，两门相距43.9米。"居庸外镇"指此处为居庸关的前哨阵地；"北门锁钥"典出宋朝的宰相寇准。宋辽议和后，寇准到大名府做镇守。辽国使臣路过，诧异发问："宰相大人怎能来此？"寇准严肃地对辽臣说："朝中无事，北门锁钥，非镇不可！"后人便把北方的边防重镇称之为"北门锁钥"。从"北门锁钥"城楼左右两侧，延伸出高低起伏、曲折连绵的万里长城。关城东窄西宽，依山而筑，面积达5000平方米，处于海拔600米处。城墙高低不一，平均高约7.5米，顶宽约6米，可容五马并驰，十人并行。

1961年八达岭长城被国务院批准为全国重点文物保护单位。1991年，在"全国名胜四十佳"评选中，八达岭名列榜首。迄今为止，已有包括尼克松、撒切尔夫人等在内的近500位世界知名人士曾登上八达岭一览这里的山河秀色。

二是北京的居庸关长城——居庸关长城位于昌平县城以北20公里的峡谷中，距北京60公里，是长城重要的关隘。居庸关长城始建于明洪武元年（公元1368年），系大将军徐达、副将军常遇春规划创建，呈圆周封闭形式，全长4142米。

关城所在的峡谷，属太行余脉军都山地，以险著称。早在春秋战国时期，燕国便于此设防，当时被称为"居庸塞"。明代为增强军事防御功能，建起水陆两道关门，南北关门之处都有瓮城。关城外南北山险要之处，还筑有护城墩6座、烽燧18座等防御体系。

关城内既有供读书学习的泮宫和叠翠书院，也有商贾行走的买卖街；有专供参拜的城隍庙，也有特为迎驾的行宫。附近还有仙枕石、五郎庙、六郎寨、弹琴峡、望京石、詹天佑铜像等景点，增添了雄关风采。居庸关山峦起伏，山花遍野，既有

▼ 居庸关长城

陡峭的长城，又有雄伟的关城。早在金明昌年间（公元1190～1195年）"居庸叠翠"之名即已列入"燕山八景"。乾隆皇帝也在此御笔亲提"居庸叠翠"四字，使之成为"燕山八景"之首。不过其字碑今已不存在。

1982年，居庸关又以其重要的人文和自然景观价值，划入八达岭—十三陵风景名胜保护区，成为其中重要的景点。1992年昌平县十三陵特区办事处为保护文物，对关城建筑进行了全面修复，再现了昔日的雄姿。

三是北京的慕田峪长城——慕田峪长城位于北京市东北隅的怀柔县境内，距北京73公里，是北京新十六景之一。慕田峪长城始建于北齐，明永乐二年（公元1404年）重建，设"慕田峪关"，它西接居庸关长城，东连古北口，自古以来就是拱卫北京的军事要冲，被称为"危岭雄关"，明初徐达和元兵曾大战于此。

慕田峪长城多建在外侧陡峭的崖边，依山就势，以险制厄。墙体高七八米，墙顶宽四五米，建筑材料以花岗条石为主，雄伟坚固。慕田峪长城墙顶上两边都建有矮墙垛口，可两面拒敌，外侧还挖掘有挡马坑，使防御功能更加完善。

慕田峪长城正关台三座敌楼并矗，长

慕田峪长城 ▼

城从正关台左侧起，即随山势翻转，奔向远方。著名的长城景观"箭扣"、"牛角边"、"鹰飞倒仰"等位于慕田峪长城西端，是万里长城的精华所在。其中"鹰飞倒仰"的墙体全部建在岩石裸露的悬崖峭壁上，坡度大都在50度左右，其中有一节接近90度，几近垂直，台阶仅有几尺宽，非勇敢者不敢涉足。慕田峪不仅长城雄伟壮观，其自然景观也独具特色。长城所在处重峦叠嶂，植被覆盖率达90%以上，附近还有泉三眼：莲花池泉、北龙潭(现为水库淹没)、珍珠泉，所以享有"万里长城慕田峪独秀"的美誉。慕田峪长城设有国内一流的登城缆车，开发了中华梦石城、施必得滑道等项目，形成了长城文化、石文化和体育健身娱乐的有机结合。

四是北京的司马台长城——司马台长城位于北京密云县东北部，距北京120公里。司马台长城始建于明洪武初年，又经蓟镇总兵戚继光和总督谭伦加固。它东起望京楼，西至后川口，全长5.4公里，敌楼35座，整段长城构思精巧，设计奇特，堪称万里长城的精华。著名长城专家罗哲文教授赞誉："中国长城是世界之最，而司马台长城又堪称中国长城之最。"

司马台长城以鸳鸯湖为界，分为东西两段。鸳鸯湖由流淌

▼ 司马台长城

95

不息的常年在37℃的温泉和冰冷刺骨的冷泉汇集而成，致使湖水冷暖参半。每至严冬，湖内依然碧波荡漾，雾气升腾。

司马台东线长城建在刀削斧劈似的山脊上，仅在2.4公里间，从海拔295米骤然升至986米，长城犹如一条巨龙从湖水中腾空飞起。东线长城有望京楼、猫眼楼、仙女楼和堪称万里长城奇险的瘦驴脊、天梯、空中长城，可以欣赏变化多端的敌楼、障墙、单边墙等以及神奇的天泉、巨龟石等景点。西线长城较为平缓，近乎完整的垛墙、女儿墙、垛口、门窗、楼顶、擂石孔、射击孔、排水沟、排水嘴等等建筑艺术品随处可见。

司马台长城1987年被列入《世界文化遗产名录》，1990年正式对游客开放，是国家级重点文物保护单位。

五是河北的山海关长城——山海关是明长城的东北起点，位于河北秦皇岛市以东15公里处，境内长城全长26公里。山海关古称"榆关"，也作"渝关"，又名"临闾关"。明洪武十四年（公元1381年），中山王徐达奉命修永平、界岭等关，在此创建关城，因其倚山连海，故得名山海关。明末女将军秦良玉、清平西王吴三桂等都曾镇守过山海关。

山海关关城周长约4公里，城高14米，厚7米。关城东门，即"天下第一关"城楼，又名"镇东楼"，耸立于长城之上。这座城门高约13米，分为

山海关长城 ▼

96

上下两层，造型美观大方，雄壮威严。登上城楼，一边是碧波荡漾的大海，一边是蜿蜒连绵的万里长城，令人豪气顿生。"天下第一关"与靖边楼、临闾楼、牧营楼、威远堂在长城之上一字摆开，形成五虎镇东之势，充分展现了山海关这座古代军事要塞"一夫当关，万夫莫开"的雄伟气势。

山海关古城墙建筑基本完好，存有众多四合院民居，使得古城更加典雅古朴。目前区内有开发和观赏价值的名胜古迹达90多处，1985年被列为"全国十大风景名胜"之首，2000年全国首批被国家旅游局评定为"国家ＡＡＡＡ级旅游景区"，2001年被命名为"中国历史文化名城"。常年举办有"中国山海关国际长城节"，值得一游。

六是河北的金山岭长城——位于河北滦平县境内，南邻北京密云县。因城筑在雾灵山与古北口之间的大小金山岭上，故名"金山岭长城"。明洪武元年（公元1368年），徐达督修此段长城；隆庆元年（公元1567年）戚继光继续督修。这是长城构筑最复杂、楼台最密集的一段，被誉为"第二八达岭"。金山岭长城是全国重点文物保护单位、国家级风景区、一级旅游景点，并被列入《世界文化遗产名录》。

金山岭长城西起龙岭口，东止望京楼，全长10.5公里，基本保持着四百年前的原貌。沿线设有造型各异的敌楼67座，烽燧2座，大小关隘5处，是现保存最完好的一段明长城。"万里

▲ 金山岭长城

长城，金山独秀"，金山岭长城以其视野开阔、敌楼密集、建筑防御体系功能奇特而著称于世。金山岭长城风景区32平方公里内峰峦叠翠、青山满目，海拔700米，登山北观群山似涛，东望司马台水库如镜，南眺密云水库碧波粼粼。景区内还修建了长800米的旅游索道一条；建有卡丁车、速降等娱乐项目；新建了3公里的夜长城。

"亚洲飞人柯受良飞跃金山岭长城"、"于顺业倒飞金山岭长城"、"环保人展览"、"城上婚礼"等大型活动在这里成功举行，金山岭长城也是外国旅游者最喜欢攀登的一段长城。

七是天津的黄崖关长城——"蓟北雄关"是指黄崖关长城，它位于河北蓟县北部山区，始建于隋开皇初年。它雄险奇秀兼具，以年代久、变化多、布局巧、设施全成为长城建筑史上的杰作。黄崖关长城全长42公里，有楼台66座，即敌楼52座、烽火台14座，为中国修复长城工程中最长的一处。关楼券门之上，北面石匾镌刻着"黄崖正关"，南面刻有"黄崖口头"，关外清水至关前汇成一流，从关下水洞流入关外。关外一峰当天而立，圆耸突兀，陡峭如削。山顶建有九弄八十一间的圆形碉堡，名为"凤凰楼"。登楼远眺，敌台高下相间，参差错落，层峦险嶂，蔚然壮观。

黄崖关长城 ▼

黄崖关又称"小雁门关"。传说李自成为抵抗清兵来到这里，见崇山峻岭、林茂谷奇，颇似山西的雁门关，决定以此为御敌屏障，命名为"京东雁门关"，至今留有"官地"、"老营盘"、"快活林"和"跑马场"等许多古怪的村名。黄崖关城的街道呈八卦阵分布，错落起伏、纵横迷离，许多街巷似通而实不通，变化离奇。位于八卦街中央太极台的"提调公署"，现已建成我国第一家长城博物馆，馆内珍藏着抗倭名将戚继光用过的战刀和手书的"黄崖口关"石额。在八卦街的"乾"字区新建有黄崖关碑林，其西边是当代"百将"碑林，镌刻着聂荣臻等107位将军的题墨。东边是"百家"碑林，镌刻有著名书法家的墨迹。朝霞晨晖中，太平寨的戚继光的高大石像熠熠生辉，傲然屹立于蓟北雄关。

八是辽宁的九门口长城——九门口长城位于辽宁省绥中县李家乡新台子村境内，全长1704米。其南端与自山海关方向而来的长城相接，沿山脊向北延伸到当地的九江河岸，在宽达百米的九江河上，筑起巨大的过河城桥，再继续向北，逶迤于群山之间，正所谓："城在水上走，水在城中流。"

九江河上的过河桥是万里长城独具特色之处：在百米宽的河道上，外用巨大条石包砌起8个棱形桥墩，形成9个泻水城门，城桥上部是高峻的城墙。九座水门各宽5米，从地面至券旌石高7米，连垛口高达10米。九门口长城过河城桥下的宽阔河床铺就着7000平方米的过水条石（约1.2万多块），俱为纵行铺砌，边缘与桥墩周围，均用铁水浇注成银锭扣，形成规整的石铺河床，望去犹如一片石，所以九门口长城又被称为"一片石关"。城桥两端筑有围城，为明天启六年（公元1626年）增

九门口的水上长城 ▲

筑的，各有七个券洞，里砖外石，是长城中少见的结构。关城由长城墙体和内城及关前九江河上护城泄水城门构成，城周二里，分东、西二城，东城小而西城大，东城为驻军及衙署所在地。内城周长 1 公里，墙高约 8 米。

九门口长城始建于北齐，现存的九门口长城为明洪武十四年（公元 1381 年）大将军徐达发燕山等卫屯兵 1.5 万余人所修筑的 32 座关口之一，素有"京东首关"之称。作为山海关的侧翼，九门口长城历来为兵家必争之地，明末李自成就是在这里与吴三桂决战时遭遇清兵夹击而败北的。因此，九门口一带军事防御设施密集、完备。在两公里范围内，有敌楼 12 座、哨楼 4 座、战台 1 座、烽火台 1 座、城堡 1 座，布局严密而坚固。

2002 年，九门口长城被联合国教科文组织评为"中国东北地区唯一的世界文化遗产"。

九是辽宁的虎山长城——虎山位于辽宁丹东市城东15公里的鸭绿江下游与瑷河交汇处，是中国万里长城的最东端起点。虎山长城始建于明成化五年（公元1469年）。20世纪90年代初，经罗哲文等一大批长城专家学者实地考察，认定虎山长城为万里长城东端起点，从而使中国万里长城延长了1000多公里。

虎山原名马耳山，于鸭绿江边平地孤耸，视野开阔，对岸朝鲜的田地、房屋一览无余。虎山面积4平方公里，主峰高146.3米。沿长城拾级而上到达峰顶，是万里长城东端的第一个烽火台。站在烽火台上环顾四周，可一览两国风光，朝鲜的义州城、中国的马市沙洲，连接丹东与新义州的鸭绿江大桥均清晰可见。回首北望，丹大公路绕过虎山脚下沿江而过。

虎山风景区作为鸭绿江国家级风景名胜区的核心景区，是早年安东八大名景之一，有长城、睡佛、虎口崖等28个景点。经过先后两期修复工程后，新建了栈道、索桥、人工瀑布、中朝边境"一步跨"等诸多景点和配套基础设施。修复后的明长城依山就势，蜿蜒北去，与丹东市区近在咫尺，和朝鲜民主主义人民共和国隔江相望。目前，丹东至虎山的水上游览线路即将开通，这里将建设民俗村、边贸市场、长城博物馆、美

▼ 虎山长城

101

食街等。

　　十是甘肃的嘉峪关长城——在甘肃省西部嘉峪关市西南隅，正当河西走廊的西头，因建于嘉峪山麓而得名，是明朝万里长城西端的终点，也是现存长城关城中最完整的一处，始建于明洪武五年（公元1372年）。关城平面呈梯形，东面城墙长约154米，西面城墙长约166米，南北城墙各长约160米，总面积3.35万余平方米，城墙总长733米，高11.7米。城楼东西对称，面阔三间，周围有廊，三层歇山顶高17米，气势雄伟。关城四隅有角楼，高两层，形如碉堡。登关楼远望，寨外风光尽收眼底。关城城墙的结构大部分为土筑，仅门楼、角楼包砖，城墙高10.6米，下基厚5米许，墙顶宽2米，有显著收分。关城有东西二门，东门曰光化门，西门曰柔远门。柔远门外面的罗城亦有门，即嘉峪关的大门，原来"天下第一雄关"匾额即悬于此门上。靠近关城的东门有戏台、关帝庙和文

嘉峪关关城（1907年）▶

昌阁等古迹。嘉峪关附近的长城已有残破，大部分是土筑，高约6米许。

关城雄峙于嘉峪山上，南面是终年积雪的祁连山，万里长城直抵山下，关北是一片茫茫的戈壁滩，长城即从嘉峪关城的北面伸展，再折而东，穿过戈壁沙漠，翻山越岭直抵辽东，蜿蜒万里。关前有一条清清的泉水，灌溉着数百亩田禾，青绿一片，使沙滩上的关城颇增景色，数百年以前即已称之为"峪泉活水"并列为肃州胜景。

其他各地的长城游览胜地

中国万里长城已成为全球许多游客向往的旅游胜地，而在中国十六个省市范围内建筑的万里长城，可以说是处处都有令人神往的好景观值得游览。除了上面介绍的长城十大最佳景区外，还有不少省市的长城景区也值得一游。

河北秦皇岛市的老龙头——在河北山海关以南4公里处，北连长城，南入渤海，是现在明万里长城东端的起点，始建于公元1381年。当时，筑有入海23米、周遭半公里的宁海石城，城垣上修有澄海楼，后毁于兵燹，仅存翘首海滨的一段颓墙残壁。1985年重新修复了宁海城和澄海楼等景点。

老龙头形成半岛伸入渤海之中，海拔25米，北距角山群峰8公里。这里依山襟海，长城耸峙海岸，优越的地理位置，加上精心建造的军事防御工程，构成了老龙头这座名副其实的海陆军事要塞，气势之大，堪称"海岳天开"，长城从这里入海。如

老龙头 ▲

果把万里长城比做一条巨龙，它的头深深潜入海中。从这里开始，巨龙逶迤西去，跨过崇山峻岭，越过河川大漠，直奔遥远的大西北。"老龙头"正由此而得名。登上老龙头，面对波涛汹涌、云水苍茫的大海，饱览独有的海上长城雄姿；纵目澄海楼，欣赏到"长城万里跨龙头，纵目凭栏更上楼。大风吹日云奔合，巨浪排空雪怒浮"的壮丽景象，不能不令游人心旷神怡。此处常年举办老龙头海会，是现代旅游的必去之所。

河北易县的紫荆关——地处河北省易县的太行山北段紫荆岭上，始建于战国时代，秦汉时叫"上谷关"，宋金时称"金坡关"。南宋年间，因为遍布紫荆树的紫荆岭上紫荆盛开，改名"紫荆关"。紫荆关号称"明代内长城第一重关"，是我国古代九大名关之一。"风萧萧兮易水寒，壮士一去兮不复还"的燕赵悲歌即出于此处。紫荆关北接居庸关和外长城相连，西临雁门关和黄土高原，东下华北平原，是历来兵家必争之地。1993年被确定为国家重点文物保护单位。

　　紫荆关关城由五座小城和两座瓮城组成，小城和瓮城自成体系又相互连接，防御甚严，既可指挥北部长城干线的战斗，又可独立作战。"文革"中，紫荆关历经沧桑，部分城池和两座瓮城被毁坏。现存的紫荆关城，平缓处多以花岗岩条石砌筑，筑于坡地的段落则依旧城体例，下以花岗岩条石为座，上砌青砖封顶并遍砌垛口。关城四面原各有一门，北门靠拒马河，石券门洞，门额有匾两重，上重题刻"河山带砺"，下重题刻"紫荆关"。南门与北门遥相呼应，门额有匾题"紫塞金城"。此二匾均为万历年间所书。城南门外原有瓮城，瓮城南门有匾书"畿南第一雄关"。东西门外，紫荆关城两翼各有城墙向两侧延伸。紫荆关整座关城依山就险，站在西、北侧的城墙上，可俯瞰拒马河的整个开阔河面。

　　山西代县城西的雁门关——在山西代县城西北20公里处的雁门山腰，

▼ 紫荆关

与宁武关、偏关合称"内三关"。附近峰峦错耸，峭壑阴森，中有小路，盘旋幽曲，穿城而过，异常险要，为历代戍守重地。现存关城始建于明洪武七年(公元1374年)，后来重新修复了门楼。今存关门三座，关城内有战国时北边良将李牧祠旧址。城门洞石匾上刻"天险"、"地利"，表示雁门关险要的形胜。城门砖墙上刻有一副对联："三关要隘无双地，九塞尊崇第一关"。

关东西山势峭拔，西为恒山西段，东南是有名的五台山。境内悬崖绝壁，群山连绵。道路盘旋崎岖，到此两山对峙，形状如门。《山海经》："雁门，飞雁出于其门。"雁从门中飞过，因而得名"雁门关"。沿雁门关一线，古老的内长城蜿蜒曲折，恰似一条玉带将诸峰联在一起，山上烽火台星罗棋布，加上城楼、敌台、内外城障亭墩，守望相助。原关外筑大石墙3道，小石墙25道，隘口18个。

"紫塞雁门"为历史上著名的"代州八景"之一。这一带山上生产赭石，明代李时珍《本草纲目》中称为"代赭石"，附近的长石、黏土等地质材料均现紫红色。在月光照射下，分外好看，更显出关塞壮丽，故名"紫塞雁门"。

雁门关 ▼

山西河北两省交界处的娘子关——位于山西平定县城东北45公里处，即山西和河北两省交界处，为晋东门户和交通咽喉。这一带山峦连绵起伏，中间一道幽狭长谷，几条河流汇入桃水，汹涌澎湃，两岸陡峭岩壁，悬崖千仞，素有天险之称。娘子关城堡，坐落在桃水南畔，背依高接云天的嵯峨绵山，面临涧壁如削的百尺深渊，传说为唐平阳公主驻兵之处，故名"娘子关"。至今此处还留有许多与平阳公主有关的遗迹，如"宿将楼"、"点将台"、"避暑楼"等，传为平阳公主创建。

娘子关城楼石柱刻有两副楹联：一为"雄关百二谁为最，要路三千此并名"；另一为"楼头古戍楼边寨，城外青山城下河"。娘子关附近地下水源丰富，有较大泉水点11个，其中最大的一个是水帘洞瀑布，在城堡东北数百公尺，最大水量每秒30立方。那倾泻不息的瀑布，好像银链急下，打在崖底河谷顽石上，浪花飞溅，水雾弥漫，峡谷轰鸣。水雾经阳光斜照，绚丽多彩，蔚为奇观。

金代诗人元好问曾有长诗《游承天悬泉》，诗中赞美曰："并州之山水所伏，骇浪几轰山石裂。只知晋阳城西天下稀，娘子关头更奇崛！"今人郭沫若也有《过娘子关》诗，曰："娘子关头悬瀑布，飞腾入谷化潜龙。茫茫大野银锄阵，叠叠崇山铁轨通。回顾陡惊溶碧玉，倒流将见吸长虹。坡地二十六万亩，跨过长江待望中。"

▲ 娘子关

甘肃敦煌市西戈壁滩的玉门关——俗称"小方盘城"，位于甘肃省敦煌市西北约90公里的戈壁滩上。古代西域和阗等地的美玉经此输入中原，因此得名。现存玉门关城约建于西汉武帝元封四年（公元前107年）。自古以来，玉门关和阳关就分别是中原通往西域以至中亚、欧洲等地北、南两路的重要关口。唐代诗人王之涣《凉州词》曰："羌笛何须怨杨柳，春风不度玉门关。"使得这座古关城留名千古，成为无数文人和壮士向往之处。

现存汉玉门关址，坐落在疏勒河下游南岸旁的一处沙冈上。城垣完整，黄土版筑，略呈方形，南北26.4米，东西24.5米，残高9.7米，基厚4.9米，西、北面各开一门，形如土洞。

关城附近的长城和烽燧，是中国汉长城中保存最好的一段。

玉门关 ▼

长城基厚3米，残高2～3米，顶宽1米多，由黏土、砂砾夹芦苇或红柳筑成。关址北面数十米，即是疏勒河下游一大片由河流、碱湖组成的沼泽地。岸边芦草丛生，湖中碧水涟涟，水鸟驼影，若隐若现。登上关城，则见戈壁浩瀚，天地茫茫，长城烽燧宛若游龙，在关西北的戈壁、沙碛间逶迤西去，把人引向遥远神秘的罗布泊和楼兰古城。

湖南凤凰县的南方长城——又称"苗疆边墙"，在湖南省凤凰县。始建于明嘉靖三十三年（公元1554年），竣工于明天启三年（公元1622年），后几经修复，最终定型于清朝嘉靖年间。长城全长190公里，被称为"苗疆万里墙"，是中国历史上工程浩大的古建筑之一。

南方长城城墙高约3米，底宽2米，墙顶端宽1米，绕山跨水，大部分建在险峻的山脊上，是一条由汛堡、碉楼、屯卡、哨台、炮台、关门、关厢组成的关卡，是明王朝和清王朝的统治者为了巩固自己的统治，以此孤立和征服苗族的长城。南长城沿城墙每三五里便设有边关、营盘和哨卡，以防苗民起义。

在南方长城上的黄丝桥古城尤其引人注目。它是南方长城现今保存得最为完整的，也是最大的一座屯兵城堡，位于凤凰城西约28公里处，雄踞湘黔之要冲。清康熙年间建为石头城，是石灰岩的青石结构建筑，城高一丈五尺有五，城厚九尺，周长五百公尺，开三个城门，每门上皆有城楼，雄伟壮观，气势不凡。登上城楼，可以俯瞰全城，南方长城的壮美尽收眼底。

北京怀柔区山水相连的黄花城水长城——位于北京怀柔区，距北京60公里，建于明永乐年间，全长约14公里，是北京明长城中的一段。1974年当地修建西水峪水库时，将三段城墙淹

黄花城水长城 ▶

于水下，而出现了城在水下的景观。目前黄花城长城已正式更名为"黄花城水长城"，并被列入北京市"人文奥运"文物保护计划项目，2007年已经正式对外开放。小城峪段长城中的一段为倒"V"字长城，蜿蜒若游龙入湖，人称"龙吸水"。

北京怀柔区最险峻的箭扣长城——又称"涧扣长城"，位于北京怀柔渤海镇珍珠泉村，是明代万里长城最著名的险段之一，是各种长城画册中上镜率最高的一段，向来是长城摄影热点。城墙修于险峰断崖之上，雄奇峻峭，气势恢弘。此处山势极为险峻，长城的走势富于变化和韵律，有建在海拔1000多米山顶的"牛犄角边"，也有建在刀削般山峰上的"鹰飞倒仰"和"箭扣"。

北京密云区人称"铁门关"的古北口长城——古北口位于

北京密云县东北部，地处燕山山脉，蟠龙、卧虎两山南面的浅山丘陵区。古北口地势险要，在山海关与居庸关中段，山陡路险，距京100公里。此处燕山屏立，峰峦叠嶂，潮河南来峡谷洞开，有北京东北门户之称。古北口山奇水丽，古迹名胜众多，是清帝王去东北祭祖、狩猎、巡视必经之处。东有蟠龙山，西有卧虎山，山势险峻，崖壁陡立，两山紧锁潮河。金代曾于此修建铁门扼守，又称"铁门关"。

除以上所介绍的长城景区外，可为中外游客提供游览长城的其他景区还有不少。而且，随着"爱我中华，修我长城"的思想深入人心，人们保护人文遗产的观念不断增强。今后，各地还会开发出不少各具特色的长城游览胜地。

■ 长城堡

结束语：忽如一夜春风来

1987年，长城被联合国教科文组织定为"世界文化遗产"。二十年后，长城再次以其独特的形式美与内在美征服了来自五湖四海的各国朋友，跃升为"世界新七大奇迹"之首。世界将以全新的视角打量着这座屹立于东方古国的神奇建筑。

长城经历两千多年岁月而愈现生机，创世界之最而备受赞誉。长城的生命以其外在形式与内在魅力的完美结合而得以表征、延续和弘扬。长城的建筑生命节奏高为山陵，低为溪谷，陵谷相间，岭脉蜿蜒。长城的精神生命节奏在于两千多年的智慧与勤劳，战火与和平交替，兵戎与贸易共存。长城的存在象征着中华民族的勇敢、善良，以及对和平的向往。

自春秋至清初，修建长城的工匠们手中锤凿交错的声音早已随风而逝，昔日硝烟纷飞的边防战场也早已消失。沉寂了千百年的长城，开始在新时期的春风呼唤下出现新的勃勃生机。研究长城、保护和维修长城、宣传长城、开发长城成为热潮，可谓"忽如一夜春风来，千树万树梨花开"。

然而，在建设社会主义和谐社会的新时期，修筑长城的工作已经不仅在于外在的那条巍峨的巨龙，更在于重新建设起一座内化于国人心中的精神长城。以"爱与智慧"为宗旨，在中国为人类建设起一座美好而坚固的精神长城，将是我们奋发进取的动力和目标。

谨以此书献给中国乃至全球所有热爱长城的建设者、保护者、开发者和游览者！

图书在版编目 (CIP) 数据

长城 / 杨宗、温志宏编著. —南昌: 百花洲文艺出版社,
2009.3
(中华文化丛书)
ISBN 978-7-80742-559-5

Ⅰ.长… Ⅱ.①杨…②温… Ⅲ.长城-通俗读物 Ⅳ.
K928.77-49

中国版本图书馆CIP数据核字 (2009) 第025734号

中华文化丛书
长城
杨宗　温志宏　编著

出版者：江西出版集团·百花洲文艺出版社
(南昌市阳明路310号　邮编：330008)
电　话：(0791)6894736　　(0791)6894790
网　址：http://www.bhzwy.com
发行者：百花洲文艺出版社
印　刷：江西华奥印务有限责任公司
版　次：2009年7月第1版第1次印刷
规　格：860mm×980mm　16开本
印　张：8印张
字　数：90千字
书　号：ISBN 978-7-80742-559-5
定　价：56.00元

(如印装质量有问题,请与印刷厂联系调换)
电话：(0791) 8368111